读者文摘美文

美文

人生的
两把刀

学生版

罗强 ／ 著

北京工业大学出版社

图书在版编目（CIP）数据

读者文摘美文：学生版．人生的两把刀/罗强著．—北京：北京工业大学出版社，2018.2
ISBN 978-7-5639-5800-9

Ⅰ．①读…　Ⅱ．①罗…　Ⅲ．①散文集—中国—当代
Ⅳ．①I267

中国版本图书馆 CIP 数据核字（2017）第 303094 号

读者文摘美文（学生版）·人生的两把刀

著　　者：罗　强
责任编辑：钱子亮
封面设计：壹诺设计
出版发行：北京工业大学出版社
　　　　　（北京市朝阳区平乐园 100 号　邮编：100124）
　　　　　010-67391722（传真）　　bgdcbs@sina.com
出 版 人：郝　勇
经销单位：全国各地新华书店
承印单位：三河市兴国印务有限公司
开　　本：880 毫米 ×1230 毫米　1/32
印　　张：8
字　　数：136 千字
版　　次：2018 年 2 月第 1 版
印　　次：2018 年 2 月第 1 次印刷
标准书号：ISBN 978-7-5639-5800-9
定　　价：30.00 元

导读

在人的一生中，学生时期是积累文化知识、塑造价值观的重要时期。要想开阔自己的视野，丰富自己的人生，在同龄人中成为佼佼者，仅凭课本上的知识是远远不够的，必须多读书、读好书。

好书可以增加我们知识的深度和广度，好书可以传递深邃的人生哲理，好书可以帮助我们树立正确的人生理念，让我们拥有一个更广阔、更光明的世界。

一个人面对自我时，需要的是镜子；一个人面对外面的世界时，需要的是窗子。使用镜子才能看见自己的污点，通过窗子才能看见世界的明亮。

我们需要开启心灵的窗子，通过和别人的接触获得经验；我们也常常需要借鉴别人的经验，以此做镜，来观照自己的人生。

我们身边的杂志、图书浩如烟海，如何充分利用宝贵的时间多读有价值的文章，如何选择那些具有知识性、思想性的读物，提升自己的文学修养、增加自己思想的深度，是每个处于学生阶段的人都必须面对的问题。

"读者文摘美文（学生版）"系列就是这样一套好书，这里的作者，都是一线期刊（如《读者》《青年文摘》《意林》等）的签约热门作者；他们的作品，很多被选作中考高考阅读试题。

本套书融各类精品文章于一体，主旨在于陶冶情操，启迪智慧；用真实质朴的文字，讲述一个个感人至深、发人深省的故事。无论是单纯的阅读，还是为了积累写作素材，学生们都可以在书中找到一份意想不到的收获和满足。

学生们无不对未来有着美好的憧憬。然而，很多人在涉世之初，因为缺少正确的指导，往往会事倍功半，无所作为，有的甚至接受误导，不小心踏入歧途。

经验有好有坏，不能囫囵吞枣，一股脑儿接受，应当有所选择，择优而从。我们听惯了空洞的说教和死板的理论，那些只会令人倍感乏味，而生动的故事和质朴的哲理更能让人乐于接受。

本书精选各位作者在各个杂志上发表的文章70余篇，以青春的视野，感悟世界的不同，让年轻的人生体会到别样的风景。这些文章真实不做作，励志却平和，对陶冶青少年的情操，鼓励青少年的斗志，指导青少年的成长和学习，都有着不可替代的作用。

希望每一个学生都能愉快地阅读本书，自信而蓬勃地成长进步！

目　录

第一辑　人生的两把刀

人性有善良的一面，也有邪恶的一面；有阳光的一面，也有阴暗的一面。这正如一枚硬币，有正的一面，也有反的一面。只有切实对社会、对他人、对自己负起责任，尽量多地展现善的一面，尽管少地放纵恶的一面，我们才能不断地完善自己、塑造自己、成就自己，最终成为一个充满正能量的人。

第二辑　行动起来就是大慈悲

行善是一种高贵的品德，它会让你的灵魂得以升华。人可以在行善中，感觉到自己是那么强烈地被需要，从而得到一种自我满足感，找到自己人生的意义。人只有真正做了善事，才会得到真正的快乐。

第三辑　谦逊是一种素养

在日常生活中，我们判断一个人，更多的是根据他的品格而不是根据他的知识，更多的是根据他的心地而不是根据他的智力，更多的是根据他的自制力、耐心和纪律性而不是根据他的禀赋。

第四辑　建造在水下面的桥

做一件事情的方法有很多种，如果一个办法行不通，可以试试另一种。无论是生活还是工作，困难处处可见，我们都无法阻止困难的出现，当有困难的时候，我们不要退缩，要有解决困难的勇气。要知道，这个世界上没有解决不了的问题，只有战胜不了的自己！

第一辑

人生的两把刀

人性有善良的一面，也有邪恶的一面；有阳光的一面，也有阴暗的一面。这正如一枚硬币，有正的一面，也有反的一面。只有切实对社会、对他人、对自己负起责任，尽量多地展现善的一面，尽管少地放纵恶的一面，我们才能不断地完善自己、塑造自己、成就自己，最终成为一个充满正能量的人。

人生的两把刀

一

这是一把杀人的刀，格外地残酷血腥。

自幼，他便崇尚暴力，无论小学初中，他从不相信任何道理，只依赖手中的刀。

村子里有一条河，他喜欢在里面游泳，另外一个少年恰巧在里面嬉戏，他很不爽，返回家里，拿了一把水果刀，埋伏在草丛中，待少年穿衣之时，一刀捅了过去。

第一刀，奠定了他在眷村孩子心中的老大形象，也激发了心中的恶魔。从此他对施暴的后果充满了喜悦，少年时代的他，便拥有一个三四十人的帮派。

在学校，人人惧怕他，他用刀制服所有看不顺眼的人，最后被学校开除。初中毕业时，父亲将他送进军校预备学生班，希望军营能管好他，谁知这儿反而成了他斗狠的舞台，畸形的志向让他更加刻苦训练，只为成为一名合格的杀手。预备班二年级，他成为跆拳道黑带二段，拳击比赛曾获得"大专运动会"的冠军。

在军校随后的一次斗殴中，他致人重伤，再次转学。

尽管有了教训，但他没有丝毫改变，仍旧拿起刀，继续血腥的生活。在争地盘的时候，他把军校的技术用上了，指导手下拿竹子当工具来刺杀，自己则拿起了武士刀。

这一次，死伤六人，影响巨大，他只有亡命江湖，从此再也没有机会进入教育体制下求学，只能进入另一个世界：这个世界不需要一技之长，只需要刀枪和残酷。从此，他砍人、开赌场、偷盗、勒索、敲诈、开应召女郎站……他无恶不作，连续入狱、越狱，台湾30所监狱他待过14所，前后共被判处有期徒刑38年。

哪怕在监狱里，他仍旧没有丝毫悔改，他发狠地练习跆拳道，向两名美国人学习英语，希望通过语言学习，帮自己成为国际杀手——他要到世界各地杀人，具有讽刺意味的是，他的英语教材是教人向善的《圣经》。

提起他的凶名，无人不惧。

二

这是一把不同的"手术刀"，专门剔去社会的不良现象。

他矢志求学向善，接连取得了美国北得州大学教育学学士、美国达拉斯神学院神学硕士、台湾"华北神学研究院"神学博士、美国加州国际神学研究院教育学博士等一系列学位，又前往北京大学攻读哲学博士。

担任世界华人宣教基金会董事长的他，拥有一个庞大的基金组织，希望通过基金组织和自己的努力，帮助吸毒者、酗酒者、艾滋病患者、从事性工作的人回到健康社会。

在美国取得教育学博士和神学硕士学位之后，在台湾神学界和华人基金的帮助下，他建立了拓荒神学院并出任院长，拓荒，传教，带领 3000 余受刑人向善。自此，他的足迹遍布世界 60 多个国家和地区，他向人们传播善良。

在刚果的一所监狱里，他去宣扬仁爱，遇到犯人暴乱，几百个人围着他，场面异常紧张，他没有慌乱，从容跳到桌上，大声宣读《圣经》：耶稣被出卖的那个晚上，一个冲动的门徒将大祭司的一个仆人砍了一刀，削掉了他的右耳，耶稣说："收刀入鞘吧！凡动罪恶之刀的，必死在刀下……"犯人扔下器械，从视频中观看到这一场景的监狱长一身冷汗。

他以自己的经历改变别人的人生，到他 50 岁的时候，已经有 150 个"流氓"在他的引导下重回健康社会——这 150 人中，有黑社会头目，有社会混混，有美貌的堕落女子，有吸毒者和酗酒者。他经常到监狱里去，给犯人讲述自己的过去，许多听过他故事的在押犯，积极忏悔，获得减刑。

他致力于社会服务及公益事业，传播仁爱，助人向善，入选 2005 年台湾"十大杰出青年"，担任马英九的顾问，中央电视台、凤凰卫视、《南方人物周刊》等知名媒体对他的事迹做过专题报道，美国好莱坞的电影公司也在筹备拍摄他的人生故事。

三

拿杀手之刀的人，叫吕代豪。

拿"手术刀"的人，还是吕代豪。

两把完全不同的刀，却真真实实被同一个人拿起来。

在服刑的日子里，他接触到《圣经》，知道还有这样一种生活，当爱人鼓励的信写到 500 封的时候，他幡然醒悟，舍去了一身的罪恶。

从恶棍到牧师，从黑道到神道，从杀手之刀到"手术刀"，吕代豪的经历告诉我们：人生的上半场打不好没有关系，还有下半场，只要努力，哪怕你再十恶不赦，当你决定放下屠刀的那一刻，上帝依然会拥抱你。

倒过来的成功

1968 年 10 月，墨西哥城，第 19 届奥运会男子跳高比赛。当横杆升到 2.24 米的时候，喧哗沸腾的田径场顿时寂静无声，一位身材修长的美国运动员突然以闪电般的速度冲到横杆跟前，身体背向横杆，腾空而起。当他高仰的头部超过横杆以后，髋部跟着挺起，形成一个优美的反弓，整个身子轻盈得就像春天的飞燕，掠过了那根高高的横杆……

这位取得金牌的选手叫迪克·福斯贝里，让人们感到惊奇的不是他夺冠的成绩，而是他过杆的方式。在此之前，跳高运动员都是面对横杆起跳，腾空过杆时面朝下、背朝上。而他却面朝上、背朝下越过横杆，打破了苏联选手在上届奥运会上创造的2.18米的奥运会纪录，这一技术揭开了跳高史上新的一页。"面朝天背朝地"的跳高方式不仅使在场观众大开眼界，更让各国选手纷纷仿效，从此流行于全世界。

福斯贝里11岁时，在波特兰一所学校读书。有一次，体育老师叫学生们练习跳高，他让学生们先一字排开，等待着轮到自己从横杆上一跃而过。有趣的是，他们最初排成单行，后来队形逐渐散乱。事有凑巧，当老师点名叫福斯贝里时，他思想正在开小差，精神不集中的他在慌乱之中答应后，已经靠近横杆，来不及转身助跑，只得面向老师，背对横杆，一急之下，他把老师教的跳高要领忘得精光，怎么也想不起来。看着老师严肃的面孔和同学们注视的目光，福斯贝里急中生智，索性就地腾起，竟奇迹般地越过了背后的横杆，四脚朝天倒在沙坑里，这个滑稽的动作使在场的人笑得前仰后合。

爱动脑筋的福斯贝里却从中获得灵感：人类的身体重心在肚脐下方 2.5 厘米处，也就是丹田部位。以传统俯卧式过杆时，身体的重心将移向横杆下方的肢体，即重心下移。如果用今天这种面朝天的方法，腰向前挺，简单地平放身体过杆，使重心大大上移，在弹跳力相同的情况下，能跳得更高。

经过一番琢磨，福斯贝里找到了一个方案：跑弧线接近横杆，转身单腿起跳后背对横杆，头部、上体、臀部、脚依次过杆，用肩背部落地。福斯贝里最早采用这种姿势时，人们都感到滑稽可笑，他受到了不少非议和讥笑。有人说他标新立异、哗众取宠，有人说他赶时髦赶得出了格，还有人干脆说他得了精神病。但他对这些冷嘲热讽不屑一顾，依然坚持练习背越式。

1965 年，福斯贝里进入了俄勒冈大学，当时他的个人最好成绩已达到 2 米。他的教练伯尼·瓦格纳觉得这个学生是个可造之才，便按当时流行的俯卧式姿势让他照搬练习。慑于教练权威，福斯贝里只能全盘接受，但他的成绩却始终提不高。几个月以后，福斯贝里毅然决定采用自己的新发明，在成功展现这一技术的优势后，他用实际行动得到了瓦格纳的大力支持，以全力帮助他改进技术动作，使之更加科学合理。

在福斯贝里的不断完善下，背越式动作达到了炉火纯青的地步。18 岁的他用这种独特的技术参加一个区域比赛，当其他教练看到他以这一头部先过、后背向下，与俯卧式跳法完全背道而驰的方式越过横杆时，均怀疑地摇摇头。然而福斯贝里却凭借着这项技术有了出色的发挥，轻松越过 2 米，获得金牌，让人们见识到这种新姿势的生命力，并最终在奥运上打破纪录，改变历史。人们把背越式同他的名字连在一起，称为"福斯贝里式"。这是田径跳跃项目发展史上，首次以运动员名字命名的一项技术。

自从福斯贝里以背越式技术获得奥运会冠军后，世界上许多优秀选手都采用了这一方法，并获得了巨大成功。进入 20 世纪 80 年代后，俯卧式技术几乎完全被背越式技术所取代，直到今天，全世界跳高运动员仍然沿用着福斯贝里当年在学校田径场上发明的姿势。

换一种思维，换一个方式，当正面无法取得突破的时候，不妨试着倒过来，也许，就会别有一番天地。

上帝不会遗忘一直坚持的人

5 岁那年，他从电视中认识了篮球，从此便迷恋上这项运动，立志成为一个职业运动员，但他的母亲并不同意，秉承着传统教育理念，更希望他成为一名律师或者医生，在家人的反对声中，他顶着压力偷偷练球。

为了增加身高，他吃饭从不吃油腻的东西，再爱吃的也不碰。小的时候，他听说喝多了碳酸饮料会发胖，从此，便再也没有碰过，直到今天。

他是一个华裔，身体条件没有任何优势，高中的时候，还只有 1.6 米，而且很单薄，比球队的所有球员都要矮。在队友的一片讥讽中，他低下头，默默无闻地练球。为了拥有灵活的传球手感，他还多年坚持学习钢琴和小提琴，所以，当别的孩子在玩耍嬉戏的时候，他除了练球，就是练琴。

这么多年来，他坚持每天练球，风雨无阻，从未间断，哪怕是圣诞节，再忙，他也会抽出时间来练习。

高校就读结束后，他曾将自己的比赛画面剪辑成 DVD 影碟，寄送给所有的常春藤盟校、加州大学伯克利分校、斯坦福大学以及加州大学洛杉机分校等篮球名校以争取入学机会，但没有一家学校愿意接纳他，无奈之下，他选择了在篮球方面并无优势的哈佛，入校之后，他仍旧坚持打球。来自种族方面的歧视无处不在，无数次比赛中，看台上有观众对着他高呼"糖醋里脊"，而诸如"中国佬"之类的称呼，也已经屡见不鲜，伤心难过之余，他还是没有放弃。

2010 年毕业后，他参加 NBA（美职篮）选秀，却名落孙山。随后，无人问津的他参加了夏季训练营。2010 年 7 月，作为无关紧要的球员，他落户家乡球队金州勇士队，长达一年的时间里，他只能坐在板凳上观看比赛，大家叫他"饮水机看护者"，并遭球队三次下放至发展联盟。2011 年 12 月 10 日，勇士裁掉了他，随即他流落到休斯敦火箭队，还没等熟悉火箭队的队友，12 天后，他再次被裁，多番辗转，最后于 27 日以没有保障的底薪合同加盟纽约尼克斯队。此时的他，还是作为"边缘球员"一直坐在板凳上，平均每场的跑龙套时间不到两分钟。落魄的他，甚至租不起一套公寓，只能长年寄居于哥哥家的沙发上，偶尔还要留宿队友所住的宾馆。别人嘲笑他"永远都成不了主角"，他还是没有想过放弃，待大家离开，一个人在球场上模拟别人的风格跟自己对抗演练。

再苦再难，他没有动摇过对篮球的热爱，坚信自己一定可以，"就是在患难中，我们也可夸耀，因为知道患难生忍耐，忍耐生老练，老练生盼望，盼望不至于蒙羞"。《圣经》中的这段话，他写在自己的记事本上，陪伴着自己度过无数苦闷艰难的日子。

2012年2月4日，他一如过去，坐在板凳上观看队友驰骋赛场，还在担忧球队即将下放他的传言，他没有想到，在这一天，上帝记起他了，赐给他一个机会：因为主力的意外状况，教练在无人能上场的情况，抱着输定了的心态，让他去替补。

20年的等待，他终于等到这样一个机会，激动之下，他完美爆发，替补上阵打了36分钟，19投10中得到25分，外加5个篮板、7次助攻和2个抢断，成为球队取胜的最大功臣。

两天后的2月6日，他带领球队再接再厉战胜对手。紧接着，2月9日，他打出NBA生涯第一次两双，球队击败对手，取得三连胜。2月11日，对阵NBA强队湖人，他毫不畏惧，力压湖人后卫科比，带领纽约尼克斯获胜。2月12日，他以五场比赛连续的优秀表现首次成为当周最佳球员。2月14日，他再写辉煌。

就这样，一个大家都不认识的新人，在一周多的时间里，带领 15 败的后进球队逢弱力取，遇强更强，眨眼间以赛季最长的七连胜杀进季后赛，创造了辉煌，成为 NBA 的热门，随即红透世界。一周前，他的微博粉丝不到 6 万，一周后，他的粉丝数已超过 100 万，且疯狂增加。他的球衣迅速脱销，且价格还在暴涨，比队中主力明星的球衣还要贵 10 美元。他让球队的股票在一周内上涨了 2 亿美元，他登上了《时代》杂志的封面，美国总统奥巴马也是他的粉丝。无数广告商蜂拥而至，出天价请他代言，多家豪门球队也向他抛出了橄榄枝。在美国一家大型拍卖网站上，一本有他照片和签名的初中年册成交价高达 5 万美元。他甚至让英语里增加了一个新的单词……

他叫林书豪，NBA 赛场上一度炙手可热的风云人物。从一名经常在垃圾时间上场跑龙套的球员到一支球队的救世主，林书豪的疯狂一周告诉人们：相信自己，坚持努力，上帝不会一直遗忘还在坚持的人。

为了不哭，请大声笑吧

浙江卫视《中国梦想秀》节目现场，一位演员抱着吉他出场，分别以黄宏、李宗盛、易中天、刘欢、韩乔生、龚琳娜等明星人物的声音进行表演。不同于其他的模仿串烧，他的表演在有说有唱之余，还针对每个明星人物的声音特点进行幽默的调侃，比如模仿李宗盛"要找到醉酒的感觉"，模仿刘欢"要找到鼻炎的感觉"，而模仿阿宝则"要找到公鸡打鸣的感觉"，惟妙惟肖的模仿让观众折服，而脱口秀似的表演更让全场掌声不断。演到兴起处，他干脆模仿起节目嘉宾周立波来，更是引得观众哈哈大笑。

周立波称赞他是"天才表演者"，而节目开办以来，他也是唯一一位现场300名"梦想观察员"全票通过的选手，因为他做到了演出节奏流畅，全场气氛欢乐，观众开怀大笑。

现在告诉你，他，是一个盲人，一个曾被遗弃的孤儿。

从呱呱坠地的那一刻开始，他的人生，便充满了磨难，患有先天性角膜白斑的他，甚至都无法看这个世界一眼，随后，五个月大的他又面临生死考验——被父母遗弃，生命垂危之际，一个好心人把他送到了福利院。

福利院没有儿康室，他被寄养在一名员工家里，因为看不到光明，工作人员给他取名"吴光"，三岁那年，他又被接回福利院。到了上学年龄，吴光就读丹东市特殊教育学校。幼小的他也想跟小朋友一起嬉戏，但因为身体的不便，他只能待在教室里听操场传来的笑声，也有过因为不敢上厕所而尿裤子里的情况，小朋友嘲笑他，他伤过心、流过泪，童年的他，很是自卑，整日整日地在角落里发呆，孤寂地在自己的阴影里流泪。

福利院的妈妈看出了他的心思，从生活和情感上悉心照料他，还利用业余时间为他补课，想方设法鼓励他，经常让他上讲台诵读作文或者唱歌。慢慢地，吴光在爱的氛围中健康成长，孤儿常有的自卑、孤僻等，在吴光身上踪影全无，不幸的身世并没给他带来过多的阴霾，乐观像倔强的小苗，在他内心中成长起来。特校教师发现他特别有音乐天赋，就教他唱歌，学习乐器。

对于一个失明的孩子来说，学习是件很艰难的事。哪怕生活中很小的事，对吴光来说，都需要千万次努力，看不见，摸不着，无法认知，无从感受，一点一滴，他都要多次尝试，加倍努力，虽然格外艰难，但乐观的他却没有抱怨，努力去学习，努力去适应生活。

青春的岁月，总是有美好的梦想，一番拼搏之后，吉他、萨克斯、口琴、架子鼓、笛子、葫芦丝等乐器，他已熟练掌握，想着自己有一身的音乐才能，吴光开始对职业表演发生了兴趣，他决定报考中国残疾人艺术团，鼓足勇气跟福利院的妈妈商量，因为经济拮据，妈妈尽管不忍心，也不得不拒绝了他的请求。

吴光很失望，甚至都有些伤心，这可是他多年的梦想啊，但他没有哭，乖张的命运，已经不是第一次捉弄他，这只是他生命中一次小小的挫折，甚至都算不上是打击。

因为有着对音乐的敏感，随后，他想去做一名钢琴调律师，一打听，目前国内还没有残疾人从事这个行业，要学习，必须得到国外去，学费、生活费，巨额的费用如同冰水再次浇灭了他燃烧的梦想。命运不肯迁就他，连番打击之下，换作常人，总会伤心难过许久，但吴光没有说什么，回过头，他继续微笑，继续自信地生活。

现实总是这般残酷，爱好音乐的吴光，没有选择，只得为生存去打拼，他去学习盲人按摩，这是盲人最容易掌握的生存技巧。两年后，他顺利毕业，从事起按摩工作，与其他按摩的盲人不同，他在按摩的过程中，喜欢给客人唱歌、讲相声，或者模仿明星的声音，尽管他的技术不算出众，但因为那一脸的微笑，他的客人渐渐多起来。

按摩一小时，收入 15 元，这是他的工作，也许微不足道，但苦难却未曾在他的脸上留下丝毫的痕迹。生活艰难，他开始寻找兼职工作，最后，他决定讲评书，因为自己喜欢，也因为方便。他从头开始，一步步学习使用电脑，每天晚上用三个小时录评书，因为下班时间是深夜，他只能加班，一录就录到深夜两点，第二天还得早早起床去上班按摩。

　　命运的坎坷，身体上的残缺，让他的生活很艰难，但他认为："我从一无所有，变成有家、有工作，还有爱人和朋友，我很满足也很幸福，虽然我的眼睛看不见了，但我什么都不缺，我要快乐地生活，也让别人一起快乐。"2012年5月5日的节目现场，当被评委问到"你没有父母，你快乐不快乐"时，吴光说，很多人都有苦难的一面，他不想用这些悲观的情绪展示自己。主持人请来了他的妻子，一位腿脚不方便，脸上却洋溢着幸福的女性，主持人动情地对吴光说："她是你的眼，你是她的腿。"听到这里，一向幽默的周立波都忍不住动情流泪，现场观众更是泪水一片，见此情景，吴光用坚定快乐的声音建议大家："为了不哭，请大声笑吧！"

　　"如果有难过，没什么值得悲伤，只要在一起，心情特别舒畅……"从他响亮浑厚的歌声中，人们不难听出他的内心中住着坚强和乐观。而他就像这首歌一样，热情、乐观，对任何事都充满了激情，他散发着一种美好的希望，微微扬起的脸上总是挂着笑容，感染了周围的人们。这个播撒快乐的青年，尽管上帝为他关上门的时候忘记打开窗，他却用勇气，凿开那堵苦难的墙，拥抱了阳光。

　　他的眼睛看不到光明，他的内心却阳光灿烂。他的身体是残缺的，但他的快乐很完整。他的生活甚为艰辛，但他的幸福却是那般美好。无论生活几多艰难，无论命运如何坎坷曲折，为了不哭，请大声笑吧！

把困难延长

我当兵的时候，上级单位要组织军事大比武，我被抽选出来，跟30名战友一起到训练基地集训。比赛的科目之一是五公里武装越野，在所有军事项目里训练强度相对较大，每个战士携带的装具大约是25斤，要求在规定的时间内完成，是对综合军事素质和思想意志的考验。

集训的时候，我们每天都要训练这个科目，第一次跑的时候，有一半的战友不及格，大家都非常奇怪，毕竟挑出来集训的人综合素质相对较高，怎么会水平如此之差？队长狠狠地把大家训了一通。为了单位的荣誉，战友们后来都拼了命地练习，成绩虽然有提高，但效果不理想，大家对比武拿名次没有信心。

比武的结果出人意料，我们单位五公里武装越野拿到团体第一的成绩，大家百思不得其解，最后，队长告诉了我们答案：我们还没有报到之前，他进行场地设置，故意把五公里的距离加多了500米。

就是这平时训练多出来的 500 米，使我们在比赛时取得了第一。为了成功，有些时候我们需要在平日里，把困难再延长一些距离。

诺贝尔奖得主是差生

他学习成绩很"稳定"，从上学第一天开始，总是在倒数几名徘徊。

整个小学生涯，他都没有特别擅长的科目，以致于后来人们采访他当年的同学，大多数人对他都没什么印象——他太普通了，成绩也不好。好在有一个同学还记得他——每次考试成绩出来，他的脸上都是阴天。

小学的几年中，他被生物学深深吸引，甚至在学校养过上千只毛毛虫，看着它们变成飞蛾，这算是他给人最特别的记忆，只因在当时引起了老师同学的强烈反感。

15 岁时他就读于伊顿公学，如愿上了生物课，这是他最喜欢的课程，但是，他的生物课成绩在 250 个男学生里面排名倒数第一，其他理科成绩也牢牢垫底，他被同学讥笑为"科学蠢材"。当学科成绩是最后一名的时候，一个人还梦想将来要做这个学科的科学家，确实让人觉得荒谬可笑。

　　他的老师加德姆写了一份报告："我相信他有成为科学家的志向，但以他现在的表现来看，这真是万分地荒谬可笑。"这位教师还觉得他"无法明白最简单的生物学事实"，继续教他"简直是浪费彼此的时间"。

　　尽管自己成绩很差，老师也认为坚持下去没有希望，但他自己没有放弃，继续自己的想法，他觉得哪怕不能成为科学家，也要满足自己的爱好。

　　中学毕业申请牛津大学时，由于成绩不佳，他被古典文学研究系录取。招生主任找到他，跟他说："牛津可以录取你，不过有两个条件：第一，必须马上来上学；第二，你不要学习入学考试的科目。"

　　也就是说，牛津大学录取他的条件，是不允许他研究生物专业，或许在老师看来，以他的成绩，真的不适合做科学家，不如去学习他所有成绩中看起来相对还不错的古典文学。这或许是老师对一个孩子的关心：坚持固然重要，但错误的方向，只会让人离成功越来越远。

　　但是，他仍然对生物学情有独钟，在牛津大学学习了一年的古典文学后，他申请转入生物系，再次被老师拒绝，老师听闻过他的生物成绩，不愿意接纳他。尽管不被人们相信，他还是坚持自己的爱好，"曲线救国"，选择了动物学研究，这跟生物学有莫大的关系。

这一次，不仅仅是老师，连一直支持他的母亲也反对他转系，在母亲看来，英国的古典文学，是世界出名的专业，放着这么好的课程不学习，选择一个冷门的动物学，还是他成绩很差的专业，这简直是一件疯狂的事。

他有点倔强，一如既往地坚持自己的意愿，拗不过他的家人，只得放任不管，他得偿所愿，终于开始自己喜欢的科研生涯。此后的时间里，他把所有精力交给了生物研究，可是，他还是"太笨了"。同一批的同学，有的生意兴隆，有的出版了小说，甚至在生物研究的专业方向也有同学出了成绩，只有他，还是默默无闻，不知道在折腾些什么。

个人兴趣，而不是学习成绩，让他能顶住所有的压力，最终在生物学领域"化茧成蝶"。1958 年，在攻读博士学位时，他从蝌蚪细胞中提取出完整的细胞核，成功克隆了一只青蛙，从此一举成名，被称为"克隆教父"。在牛津读完博士后，他又在美国加州理工学院完成了博士后研究。从 1971 年开始，他一直在剑桥大学工作，79 岁时仍坚持全职工作。2012 年，他以在细胞核移植与克隆方面的先驱性研究荣获诺贝尔生理学或医学奖。

约翰·伯特兰·格登，一位曾经成绩最差的学生，64 年后成为人们公认的同时代最聪明的人之一，在他剑桥大学的办公室里，还挂着当初老师给出的那份最差报告，他用它来告诫自己：面对爱好，即使失败也不要放弃。

喜欢，就坚持下去，哪怕你是最差的那一个，无关成功，因为喜欢便是最好的理由。

好孩子，坏孩子

杰克是个坏孩子，起码，他觉得妈妈和同学们是这样认为的。

他学习成绩不好，在整个年级也是最后几名。一个考试常常不及格的孩子，还经常跟同学们打架，教育无数回也没有改变，他着实让老师有点不喜欢。妈妈也经常拿邻居家的小朋友跟他比较："你看，希姆又考了100分。""哎呀，听说琳达在小区的诗歌比赛上拿了第一啊。""杰克，你不是个好孩子，除了调皮，你还会做什么?"

妈妈的抱怨让杰克十分难过，他也想成为一个好孩子，但一直努力也没有达到妈妈的标准。

有一天，杰克上网的时候，屏幕上突然跳出一个对话框："你想成为好孩子吗?"怀着好奇的心理，杰克打开了网站，原来，这是一种新开发的产品，专门帮助家长眼里的坏孩子变成好孩子，由于产品正处在研发过程中，所以通过网络寻找试验者，而杰克则因为时常在网络上发布心情日志而被选中了。

杰克可不管有什么副作用，只想做个好孩子，他立即申请成为志愿者，产品寄到手上的时候，妈妈还在唠叨，杰克毅然服下了好孩子药。

真是神奇的药，第二天的语文测试中，杰克如有神助，试卷上那些平时很困难的问题，突然就变得格外简单，答案在脑海中油然而生，杰克奋笔疾书，第一个交卷，当成绩下来的时候，他惊呆了，第一名，他连做梦都没有梦到过能得满分。

老师第一次表扬了他，成绩单发到家里，妈妈简直不敢相信，几次查看成绩单，在确定之后，开心得跳起来了，狠狠地吻了杰克，他有些陌生，妈妈上一次吻他，是在几年前了？

做好孩子真的很好，妈妈带他去游乐场玩耍，外婆也送上他一直想要的玩具，邻居阿里大叔主动邀请他去家里做客，这简直让杰克不敢相信，前几天，阿里大叔还凶巴巴地叫他坏小子呢。

好孩子药让杰克的一切都变得好起来，数学不再枯燥，体育课上杰克也能跑完长跑，他还对钢琴、科学有了兴趣……

又是一场考试，杰克没有多少顾虑，好孩子药让他底气十足，但结果出来的时候，杰克有些不敢相信，虽然成绩还是满分，可并非第一名，原来，另一个同学也考出了相同的成绩。

最让杰克不解的是，对方在昨天以前，也是一个坏孩子。他问了好几次才知道，原来对方也拿到了好孩子药。老师表扬杰克的同时，也表扬了那个同学，习惯了享受所有荣誉的杰克有些不开心。

让杰克更郁闷的是，好孩子药开始在学校流传开来，越来越的坏孩子通过服用这种药都变成了好孩子，而那些原本成绩还不错的孩子，不愿意成为成绩差的学生，也服用药物了。

当所有孩子的成绩都是 100 分的时候，老师不知道该表扬谁，也就麻木了。妈妈认识的其他小朋友，成绩与爱好都变得同杰克一样，也不再觉得他了不起了。

所有孩子，不睡懒觉，不发脾气，成绩好，爱好广泛，都变成了好孩子，如同一个模子印出来的产品，没有丝毫差别。当没有坏孩子的时候，也就再没有好孩子了。家长和老师们开始害怕，他们开始怀念那些有点调皮的坏孩子。

杰克不想做好孩子了，他把药物扔进了垃圾桶，新的考试成绩下来，他是全班唯一一个不是满分的学生，这让老师刮目相看，在课堂上专门点了他的名，希望他下次不要再马虎了，虽然是不好的事，但老师的话不是严厉的批评，而是饱含关怀的引导。

杰克又开始犯错误，妈妈没有再生气，鼓励他要改正，上学的时候，他听到妈妈对隔壁的阿姨骄傲地说："杰克昨晚把碗打破了，真是个调皮的孩子。"

所有人都喜欢起杰克来，因为他与众不同，是个"好孩子"。

没隔多久，好孩子药物公司宣布停产，所有的孩子，又回到了从前，重新变成会犯错误的"好孩子"。

静到极处便是禅

男子格外健硕，赤裸着的上半身的肌肉冲击着观众的眼球，白色的瑜伽裤往下，是光着的脚丫，极为普通的着装，却是那么安静祥和。须臾之间，我竟生出游玩途中歇脚于深山古寺的错觉，鸟宿池边树，高僧正在云台之上参禅打坐。

美妙的音乐响起，男子缓缓俯身，朝拜一般虔诚，端起地上的水晶球，再合掌将之擎于指尖，一个动作，就已彰显美感与诗意。接着，水晶球像是接到指令般苏醒，灵敏地在他的手臂、手掌、手背、肩膀及指尖来回游走，时而飘浮在空中，时而柔和地滚动，人与球如同两个孩子，无拘无束地一起嬉戏。

何意百炼钢，化为绕指柔。阳刚的外形下，水晶球很优雅，整个过程，行云流水，顺畅自然，水晶球在他的身体上自由绽放，那是生命在悸动。他不是在用技巧来控制水晶球，而是把水晶球当成一个伙伴，甚至把自己看得更为卑微，于是满怀喜悦，竭尽所能地用自己的身体来配合水晶球的旋律。也许，舞台上的他，只是水晶球的舞伴。或者，他只是感知到一种美好，在这里与大家一起分享。

男子叫胡启志，水晶球在他的手中，仿佛有了生命，与他合二为一。当他面对上万人表演时，仍旧那般淡然，像一个入世的修行者，不惊不喜，即使不动，也让人感动，憨厚木讷的外表，总有淡淡的禅意。

他是美籍华人，父母、兄长在美国，皆是 IT 行业的精英，他偏偏喜欢街头艺术，17 岁高中毕业，不顾家人反对，毅然离开美国新泽西的家，到世界各地流浪，只为追逐心中的梦想：成为一个街头艺人。从欧洲开始，他坚守着自己的目标，无论生活中的艰辛还是学习上的困难，哪怕是睡在大街上，也执着于自己的信仰，流浪在街头拜师学艺，像个单纯的孩子，固执于内心的坚持。靠打工赚够旅费后，他到丹麦的杂技学校去进修，系统学习杂技的技巧。理想总是与现实有太远的距离，然而，胡启志的梦想却持续燃烧。在费用花光后，他又到俄罗斯学习，只因那里的费用更低。路途辗转，却磨灭不了他心中的那份向往，10 年间，浪迹过 10 多个国家，学到不同的杂技表演，他终于将之融合成自己的风格。

从水晶球换到大环，胡启志表演的形式变了，但其中的诗意与艺术美感一脉相承。他双手、双脚贴在与他同高的环上，以脊椎为中轴，利用离心力快速旋转，仿佛一枚打转的铜板，旋转中还能从容自若地变换各种飞跃姿态，一会儿又来个横向 360 度车轮转，然后愈转愈倾斜，最后以两手两脚为支点，下俯式贴地快转，人和钢圈合二为一，像是一个不可拆分的整体，地心引力已全然失效，这已不是杂技，艺术感染力臻至完美，速度与力量优雅结合，流动之中也有超然的诗意和宁静，仿佛在述说一个远古的故事，开始安安静静，随即慢慢激情澎湃，终点之时已是高潮跌宕。当胡启志整个人站在钢圈内挺胸旋转的时候，我忽然想起普罗米修斯，也想起十字架上的耶稣，美到极致，泪水已不由控制，却终是不明白为什么。

大音希声，至工不巧。我们见证过太多的杂技，高超的技艺让人目瞪口呆，但是胡启志的表演让人叹为观止之余，还令人心情格外平静。无论身在何处，也许他都觉得是在深山之中，平静的眼神，万物如浮云般禅定，无人能够打扰。

心无旁骛后，自有大不同，只因专注，方能忘却外界的庸扰，做到内心真正的宁静，才可以超越杂技本身，创造如此美好的艺术。

贾平凹先生谈茶，说雪澡精神，茶涤灵魂，读山，对月，拈花即语，平平常常过日子，写自然而然的生命，体悟文章，取的就是禅的平常心和心灵的寂静。云在青山水在瓶，不受欲念牵累，不受喧嚣左右，原来，静到极处就是禅啊。

最值钱的是瑕疵

这是一件巧夺天工的南红玛瑙雕件——玫瑰红的料子，润泽通透，几片莲叶或大或小，错落有致，看似随意，实则颇有章法，莲叶之中，一枝荷花亭亭玉立，花瓣之上，有蜻蜓欲飞。整个雕件，活灵活现，十分喜人，看罢便爱不释手。最为难得的是，南红无大料，而这个雕件却有拳头大小，很是少见。

让人拍案叫绝的，是那朵荷花，枝干不是雕的，天然的一道黑筋，雕刻师合理利用，巧雕俏色，荷花蕊的颜色，也是自然的白，利用之合理，不得不佩服。

雕件多番得奖，名气甚大，自然价格不菲。背后，却有一个令人深思的故事。

这块原料最初在一个雕刻师的手中，当时他收购了一堆料，当挑到这块原料的时候，还没有打磨去皮，稍作加工，玫瑰红的色质就露了出来，遂大喜，这么大的料子，很难遇见，接着加工，发现了一片白，有些可惜，感叹如果全红就漂亮了，加工完成的时候，他有些气馁，可惜这么大的玫瑰红料了，硬生生多出一道黑筋，破坏了整体的美感。

他有些失望，一直也没有雕完，后来，料子以极低的价格，转手到另一个雕刻家手中，拿到料子，雕刻家看了三天，最终，想出这个创意设计。

作品以高价卖出的时候，买家说了一句话：这件作品最值钱的地方，就是合理利用了这条黑筋。

香　道

追寻香道的历程中，有这样几个人：

第一个人，起初淘换到手的，是苏门答腊的鹰木香，色泽漂亮，香味浓烈，张扬洒脱，时有时无的咖啡味，随湿度及温度变化而不同，他格外欢喜，遇到朋友，定会兴奋地介绍，为自己请得一件好香而喜悦。有一天，接触到资深玩家，一番交谈才知道，沉香产地不同，香味不同，有蜜香，有果香，有药香，而他手上的沉香，只是出自三线产区，并非好香，这一听，他开始去学习，半年之后，终于分清楚沉香产地及香韵，至此，开始到处寻找不同的香，在他看来，所谓香道，便是追寻最好的香。

安汶岛的药香，马泥涝的乳香，文莱的奶香，马来西亚的花香，历尽百般周折，一一寻找到，而后的时间里，一线产区的越南，他更是不会放过，从芽庄到顺化，再到富森红土，他终于体会到瓜蜜之味，甘甜如糖水，凉意入喉的美感让他觉得，前期接触的沉香，根本不叫沉香。慢慢地，他又有缘接触到柬埔寨的菩萨沉，认为这才是香料之王。圈子里的人都知道他痴，一位藏家又拿出家传海南野生沉香与他品玩，他大惊，感叹今日方明白什么是香。再后来，他又开始对品级有了兴趣，浮水的，沉水的，直到到见奇楠。终于有一天，他闻尽世间所有的沉香，立时顿悟，原来，香道就是体会不同的香韵。

第二个人不这么认为，中医世家出身的他，打小就接触过不同产地的沉香，他坚持认为，香道，是在最清净的环境中，用最精致的香具，燃一炉香，净心修性。

他对器具有着非同一般的热爱，香炉就有几十个，博山炉、筒式炉、莲花炉、鼎式炉，各大名家手工制作，应有尽有。陶瓷的、紫砂的、端石的、铜料的，他也准备齐全，不同的香，他严格选用不同的炉，以免掺杂了香味，香斗用鹿骨精制，装印尼香用紫檀香筒，装海南香用香妃竹筒，而装越南香，他则千金换来一个清宫用过的象牙古董香筒。薰球为纯银手工镂空，香盘为汝窑开片，香刀为大马士革钢配黄羊角，紫铜铸的香箸，和田玉雕的香铲，就连那随身外佩的香囊，他居然有办法找到一位老师傅，严格复制了清代帝王龙袍的织造工艺来精心制作，岁月悠悠，他手上收藏的香具，每一件本身都是艺术品。

对于前面两个人体会的道，第三个人十分不屑，在他看来，玩香，玩的是文化，探寻沉香的历史，恢复旧时的薰香方法，追根溯源，才是真正的香道。他阅尽古籍珍本，查找沉香的起源、传承。法门寺地宫出土的沉香是什么种类？乾隆御赐岱庙的沉香狮子又有何含义？他深究旧时用香泡茶的比例、沐浴的方法，考证韩寿偷香、孟德赠香这些故事的真假，还有就是研究诸如黄庭坚的沉香十德，苏轼、苏辙一起制作的"二苏旧局"的配方。

再说最后一个人，他又有不同的观念，注重精神上的格局，认为心沉不浮、心净不脏才是真的香，偶尔闻沉香，大多时候闻花香、闻叶香，闻风带来的种种自然之味，云淡风轻处，自有大不同。

道是什么？道法自然是大道，这份自然，并非虚无的自然，看山是山、看水是水，再到看山不是山、看水不是水，至最高境界的看山还是山、看水还是水，总要去看过、体会过、经历过，才会明白什么是真正的山水。这几个人，便是一个爱香之人追寻香道的过程，恰如人生，从青年、壮年，再到中年、晚年，悟道绝非刹那偶然，没有捷径可走，经历完所有的过程，才是真正的道。

一　分　钟

人的一生，是由一个个一分钟构成的，光阴似箭，请珍惜每一个时刻，让生命记录下你度过的每一分钟。

一分钟，可以用来微笑，对他人，对自己，对生活。

一分钟，可以用来流泪，为自己，为他人，为一只小狗在死去的伙伴身旁不离不弃。

一分钟，可以用来感谢，感谢父母给了你生命，感谢朋友给了你关怀；感谢帮助过你的人给了你力量，感谢伤害过你的人给了你坚强；感谢风雨，感谢阳光。

一分钟，可以用来祝福，祝福天下有情人终成眷属，祝福好人一生平安。

一分钟，可以用来对亲人说声"我爱你"。

一分钟，人们可以去爱、被爱、认识、追求、欣赏、分享、等待、相信、获胜……

一分钟，可以用来坚持，再坚持一分钟，就能夺取胜利的桂冠，创造生命的奇迹。

一分钟，可以用来宽恕，不念旧恶，不计宿怨，得饶人处且饶人，能宽恕时就宽恕，宽恕仇恨，宽恕伤害……

一分钟，可以用来记住和忘掉，记住受人之恩，责己之过；忘掉施人之恩，他人之过。

一分钟，可以用来静静地倾听，或者痛快地倾诉，抑或是放声歌唱。

一分钟，可以用来锻炼，生命在于运动，运动会让你更健康。

一分钟，可以用来感悟，感悟肩负的责任，等待的焦虑，离别的悲哀，失望的无奈，孤独的凄凉，失败的痛苦，胜利的欢乐，被爱的幸福……

一分钟，可以用来学习，生命是有限的，而知识是无限的，学，无止境。

一分钟的沟通足以使坚冰融化，友谊更深。

一分钟，可以改变一个人的命运，也可以挽救一个人的生命。

珍惜这些一分钟，在生命的最后一分钟里，不会因为曾浪费过一分钟而后悔，就可以从容地笑着想：此生，我无怨无悔。

用一分钟看完这篇文章，然后在下一分钟，开始行动。

拳 师 挑 人

拳师有弟子三千，准备派其中一人参加世界拳王争霸赛。经过遴选，最终两名弟子入围，他要在两人中挑选出一名来。

第一天，他看两个弟子比赛。

大徒弟技法娴熟，身体灵活，小徒弟招式简朴，身强体壮，两个徒弟打了好几场，都是大徒弟获胜。

第二天，他听两个弟子比赛。

大徒弟拳拳生风，力度刚猛，爆发力好，而小徒弟呢，则拳势中庸，但耐力不错。

第三天，他分析两个弟子的比赛。

大徒弟从未倒下，小徒弟经常站起来。

第四天，他问两个弟子：想不想当拳王？

大徒弟说：我天天想，想了几万次。

小徒弟说：我没有想过。

最终，拳师送小徒弟去参加比赛，其他徒弟都不解。几天后，比赛结果出来，小徒弟居然拿了冠军。

在所有人的惊讶中，拳师说：世界拳王争霸赛，高手云集。大徒弟不一定最能打，小徒弟一定最能挨，大徒弟拳头有力量，小徒弟耐力很突出，虽然小徒弟经常倒下，但也一直站了起来，他没想过当冠军，反而没有压力。不怕输，比对手耐抗，别人没劲的时候，他还有力出拳，他不拿冠军，谁拿？

因为海里还有鱼

与一位老渔民聊天，他打小就跟父亲下海捞鱼，大概是从八岁开始，就自个儿攒钱。同父亲出一次海，帮忙干活，父亲给他一点钱，16岁时，父亲借了一部分，加上他攒了八年的钱，他买了一条小船，自此，开始独立生活。

他没有大船，也请不起工人，到不了远洋，只能在近海找生活，近海没大鱼，一网下去，多是小鱼小虾，有时候一网只三五条，常常有空手而归的情况，就是这样，他早出晚归，用八年的努力，娶了媳妇。

日子虽然艰辛，却有了盼头，他更加拼命。

一年后，媳妇生孩子难产，因当时医疗技术落后离开人世，他借钱安葬完媳妇，把孩子交给母亲，又出了海。

辛辛苦苦好几年，还了债，将孩子拉扯大，他又像当年的父亲一样，把自己的儿子带上了船。命运乖张，这一次，他们却遇到了大风浪，船打翻了，孩子也掉进了海里没找回来。

村里人都怜悯他的命运，以为他要疯，他一个人关门在家待了几天，出门的时候，胡子很长，去理发店打理好，又四处借钱，然后买了船，重新开始生活。

等他把债务还完的时候，已是人生的中年，他找了一个离异的女人，组成了家庭。

接下来的日子里，女人带来的孩子患了重病，他举全家之力全心医治，花费无数，这又用了好几年时间。还有一回，风暴再一次打翻了船。不管什么困难，到最后，他都继续下海，捕鱼，生活。

说这些往事的时候，他格外平静，像是在说别人的故事。

问他：一个人，怎么可以经历这么多苦难还能有勇气继续生活下去？

他继续抽烟，半晌，说了一句朴素得让人掉眼泪的话——因为海里还有鱼。

小萨，小萨

小萨是我的偶像，哪怕小萨去流浪，也阻挡不了我骨子里的崇拜。

在过去的20天里，我做了些什么？仔细思索，没有特别的记忆，每天按时上班工作，下班就窝在家玩电脑，日复一日，茫然无措。

再想远点，在过去的两年里，除了有几篇文字见诸杂志，我实在想不起有什么可以激动的事了。不是记性不好，心若彷徨，人就迷茫。

哪怕曾经激情飞扬，哪怕过去斗志昂扬，哪怕曾有无数梦想，我终是冷冻了自己的心。10年前计划一个人去旅游，不坐车，不带行囊，就一个人，徒步行走，感受天地自然，大美风光。无奈时光流转，如今，连到小区散步都如同赛跑，焦急匆忙。

在2012年5月的20多天里，小萨用实际行动，狠狠抽了我一耳光。

小萨的出发点，在四川雅安，当时他蜷缩在一个休息站，白色的毛衣快变成灰色的了。早晨的阳光格外温暖，小萨就那样懒洋洋地靠在墙边，惫懒地晒着太阳，悠闲享受明媚的时光，全然不顾那些来来往往的行人和汽车。想到这个镜头，我就觉得日子很漂亮——任何一个人，能在别人的眼色中坦然享受自己的快乐，他的世界都很美丽。

一群骑着自行车的人闯进小萨的世界，他有些恼怒，这群入侵者，打破了自己的寂静。从装备上看，这是一群骑车旅行的人，其中一个叫骑吉的年轻人，拿了一瓶水过来。水递到面前的时候，小萨抬起头，看到年轻人黝黑的脸庞上，眼神分外阳光，像极了冬日的阳光，小萨的心里立刻就暖了起来。

略作休整，一群人在阳光中出发，唱着欢快的歌，刹那之间，小萨那颗流浪的心有了涟漪，多美的画面啊。他站了起来，喝了点水，然后，发疯似的追着自行车去了。

是的，尽管他没有自行车，可还是决定跟上他们，一起去行走。至于跟到哪里，走到多远，他没有考虑。

半晌，他追上了车队，所有人都停了下来，不解地看着他。小萨没有解释，多年的流浪，早已不善言语，只是一个眼神，众人便明白了他的意思，同意了他的加入。不过，也有不相信的眼神——没有自行车，他怎么跟得上车队？

318 国道上，骑吉和五个队友最快时一天可以骑 180 千米，最慢也有 50 千米到 60 千米，小萨要如何跟随？

像风一样自由的小萨，有着像风一样飞翔的速度，虽然体格羸弱，但他耐力很好，不停地奔跑，有时候，甚至超越了车的速度。

在所有人惊讶的目光中，小萨跑了整整一天，没有掉队，一起到达休息的旅店。这一下，所有人看他的眼神，除了好奇，更多的是敬佩，当天可是 90 千米的路程啊。

这是一场心无旁骛的行走，简单而不加思考的随性，没有单反，没有背包，甚至没有起码的钱，仅有一颗说走就走的心。小萨就行走于路上，通往布达拉宫的路上，有着朝圣的虔诚。

上坡时，小萨跑得比骑车的人都快。有时候，他分外地童真，爬山的时候，一路上坡跑到了前面。待车手骑到垭口时，他乖巧地蹲在垭口等待，尽管累得直喘大气，却也有孩子般得胜的笑容。

下坡时，小萨却赶不上自行车的速度。骑吉便在五金店焊了个座位装在车后座，遇到较长的下坡路，小萨就能搭便车。有时候骑吉自己都觉得累了，怕小萨吃不消请他上车，小萨却跳开继续跑。

这不只是身体的行走，更是心灵的奔跑，自由的小萨，不希望被一个座位束缚了接触大地的快乐。

几天后，到了康定，大渡河近在眼前。在一片兴奋的尖叫声中，小萨也大喊了几声，大家惊奇地发现，这是小萨第一次表现得如此开心。

海拔4412米的高尔寺山，是横亘在雅江县城和川西高原间的第一座垭口。到了高原，队友们都有些反应，骑行的速度降了下来。大家担心小萨在高原上奔跑会影响身体，却发现小萨没有丝毫不适，依然骄傲地奔跑着。

再后来，翻越雪山，所有的人都很疲惫，只有小萨，还纵情地在雪地上嬉戏。

小萨也有自己桀骜的一面。有一次，队友们在一个旅店住宿洗澡，大家都只用了 10 分钟，只有小萨花了两个小时。其中一个队友拿此事开玩笑，小萨使起了小性子——把头扭到一边，怎么叫也不理，直到队友道歉说得口都干了，还得拿上好吃的他才肯原谅。

对了，小萨还差点惹出意外。车队进到一个村子里时，藏族风格的房屋让小萨很是好奇，不由得唱起歌来表达心情，结果惹来一群狗，小萨和队友们不得不狼狈而逃。

不管途中有什么小意外，小萨也不爱说话，但是，大家没有停下脚步。

岷江、大渡河、雅砻江、金沙江构成的道道屏障，阻挡不了小萨前行的脚步；卡子拉山、中巴拉山、觉巴山，还有海拔 5013 米的米拉山口，这些雄伟的天堑，也都被小萨抛在身后。

20 多天后，小萨和队友们抵达拉萨。1800 千米的路程，除了偶尔坐车，小萨用脚跑了下来。圣洁的布达拉宫就在眼前，小萨却没有队友们的激动，只是认真地看着，认真地注视着。

小萨不知道是从什么时候开始流浪的。以前，他也跟过车队一起行走，因为经常走掉，那个时候，他叫"小丢"。

小萨是条狗。

希望总在选择中

还记得在很小的时候，由于家境贫寒，父母为改变这种现状，扔下年幼的我，远去南方打工。我跟着奶奶生活，相依为命，当每一个寒冷的夜晚，我只有蜷缩在奶奶胸口才能熟睡时，我知道，在这个世界上，只有奶奶最爱我了。我以为我这辈子都能在奶奶的怀抱中睡觉的时候，事情却发生了巨变，在我刚上中学那年，奶奶因病去世了，当我在教室里得知这个消息的时候，太阳一下子消失掉，整个世界突然变成了一片黑暗，这突如其来的打击让我一下子僵住，没有哭泣，泪水已无法从我的眼眶流出，心口却涌起一阵歇斯底里的疼痛。我绝望极了，世界上最疼我的那个人不要我了，我想我再也没有人爱了。因为没有人照顾，我跟着老师回到家里，尽管老师百般呵护，但我从老师的身上找不到奶奶的影子，只感到莫名的陌生感，我的情绪一天天地低落，性格开始变得十分暴躁，我选择用沉默来逃避现实，除了自己，我不再和任何人讲话。

事情变得越来越糟糕，直到有一天，一个同学在踢足球时无意将我的鼻子弄出了血，我愤怒了，像一头发了疯的公牛，冲上前去，将自己几个月来所有的愤怒发泄出来，将他痛打了一顿，当时，同学们都跑过来拉我，可他们无论怎样用力，都没能让失控的我停下雨点般的拳头，他们谁也不清楚，我为什么会如此愤怒。

第二天，老师知道了这件事，他没有训斥我，而是给我讲了两个故事。

在国外，有一位老人，他的家中失窃，被偷去很多东西，邻居安慰他不要过分伤心，他却对邻居说："我一点都不伤心，反而要感谢上帝。因为第一，贼只偷去我的东西，而没有伤害我的生命；第二，贼只偷去我部分的东西，而不是全部；第三，他偷了我的东西，我只失去一部分物质，而他是贼，他失去的却是整个人格。你们说我为什么要伤心呢？"

福无双至，祸不单行。过了不久，一场大火吞噬了他的全部家产，其中包括他毕生做研究的资料，但他没有丝毫的悲观与绝望，他说："不是每一个人都可以看见这种壮观的场面的！"

这个老人就是爱因斯坦，他没有被一连串的打击击垮，而是以一种超然的态度去面对生活。怀着对生活的热情，经过不懈的努力，他终于成就一番伟业。

相反，与他相邻的一个年轻人，早晨起床的时候，因不小心碰到了膝盖，他为此大为烦闷；他去洗漱，却发现毛巾掉在地上弄脏了；去买早点，又因排队时与别人发生争吵；到车站乘车，又没有找到座位；……膝盖还在疼痛，没有洗漱，没有吃早点，他沮丧透了，认为自己真是倒霉，什么事情都不顺心。到最后，老板叫他去送一份资料，他认为这是另外一个同事的工作，今天却要自己干，分明是与自己过不去，因此与老板发生争吵，从而被解雇，丢掉了工作。

"两个不同的故事，两种截然不同的结局，一切都因为心中是否有希望与爱。你为自己建立了一间小屋，虽然能够把风雨挡在外面，可是，你在挡住风雨的同时，也挡住了美丽的阳光啊！尽管我们无法左右环境的变化，但是我们可以改变自己的心情，记住泰戈尔的这句话吧：'当你笑的时候，世界便爱了你。'"

那一天，老师讲了很多，我记住了这两个故事和泰戈尔的这句话。我知道，从此刻起，我的心中将是一片阳光。

多年以后，我在报纸上看到这样一个故事：

有兄弟俩，一起外出经商多年，在他们回乡的路上，遇到强盗，身上的钱物被洗劫一空，兄弟俩绝望至极。有一个好心人指点他们去找一个智者寻求帮助。他们找到智者，并将遭遇全部告诉了智者。智者问他俩："你俩一定很绝望吧？"他俩点了点头。智者又说："被抢去的钱物能回到身边吗？不能！现在你们有两条路可以选择。一是绝望，二是希望，如果选择前者，那么强盗抢去的不只是钱物，还有精神；如果选择后者，那么强盗抢去仅仅是一些钱物。只要心里有希望，一切都可以重来的。"随后，智者帮助他们找到一份工作，兄弟俩怀着对未来的希望，通过不断的努力，终于功成名就，衣锦还乡。

想起了一个朋友曾经对我说过的话：在绝望中寻找希望，人生更加辉煌。生活就好像是一面镜子，你若对它笑，它就对你笑；你若对它哭，它也对你哭。在人生的长河中，我们每天都会遇到许许多多的困难，让我们记住普希金的这句诗吧："假如生活欺骗了你，不要悲伤，不要心急！忧郁的日子里要镇静，相信吧，快乐的日子即将来临。"

方向比努力更重要

微博上有这么一条新闻：一头鲸被发现死在英国东约克郡的草原上，死亡的地方，距离最近的海岸线足足有

800 米远，而它身上亦无任何人工或自然伤痕。人们百思不得其解，这样一个庞然大物，是怎么跑到草原上去的呢？

动物保护组织的专家经过调查，发现海岸边的沙滩上，有重物滚动压过的痕迹，而草皮上也有这种痕迹。

原来，它是在搁浅后，希望通过翻滚来回到海中，却不幸滚错了方向，朝着草原一直努力，直到死亡。

年少的时候，固执张狂，无知地坚信自己的所有选择，对于任何反对与质疑，会莫名地拒绝，总是不停催眠自己，坚持、再坚持，确信自己可以成功，用结果来回击怀疑，直到最后，遍体鳞伤。

坚持，一定要选对方向，选择错误的路，努力只会让你离成功越来越远。

犯错是青春的态度

一

豆蔻年华，正是花季雨季，阳光下的汗水，风中飘逸的长发，年轻的笑脸，藏不住的是飞扬的轻狂，是不羁的个性，是生活的态度，是青春的印记。

年少轻狂，年少应轻狂。

《传道书》说：少年人哪，你在幼年时当快乐。幼年的日子，使你的心欢畅，行你心所愿行的，看你眼所爱看的。

青春，当是淋漓尽致的。

二

年少的轻狂，是清晨挂在牵牛花上的露水，只在早晨显现，那么美好，那么纯洁。青春的日子是一个很纯粹的过渡，之前是幸福的童年，之后是沉重的责任，没有错误的人生同样不完整。无知后才有上进的动力，叛逆过才懂得顺从的意义，冲动了才知道惩罚的代价，挥霍过才明白珍惜的可贵。轻狂不是一种罪，而是一种幸福。轻中的重，狂中的疼，个中滋味，品过方知。

没有叛逆的青春不是火热的，没有犯过错的青春是灰色的，没有疯狂过一次的青春是遗憾的。青春容许张狂，容许没有束缚，勇敢地去追求你所喜欢的东西，享受那种感觉，无所畏惧，真的很棒。

如果只有阳光而无黑夜，光明也就失去了意义，如果青春只有成绩而无犯错，恰似光明失去了黑暗。西班牙著名诗人胡安·拉蒙·希梅内斯临终的时候说：我的一生，最骄傲的事，其一是有头好毛驴，其二是年轻与伙伴打赢过三个同学。跟诗无关，跟诺贝尔文学奖无关，最骄傲的，是青春的张扬。

年轻时最重要的资本不是青春、美貌和充沛的精力，是你拥有犯错的机会。不要为青春留白。如果年轻时不能追随梦想，去为自己认为值得做的一件事冒一次险或者犯一次错，那青春将是多么苍白啊！

三

初生牛犊不怕虎，无知无畏，却有了入虎穴的勇气，敢打敢上，能够无视权威，敢于打破陈规，别笑青春班门弄斧，或许便能捉得虎子归，哪怕前面是南墙，也得撞了才能明白。如若牛犊初生，便有老狐狸的圆滑，一则违背自然本性，二也着实不太可能。

春花秋实，生命的历程中，一个阶段，有独自的风采，四季轮回，日出是美，日落也别有韵味。16 岁自有 16 岁的激扬，60 岁有 60 岁的云淡风轻，16 岁把 60 岁的事做了，60 岁又该干什么？余下的几十年，还有什么意义？

年轻可轻狂，年轻要激扬，莫待无花空折枝，彼时，无花可摘，徒留伤悲。

人最悲哀的，并不是昨天失去得太多，而是从未犯错。未曾错过，便不知懂得，不会珍惜。人最寂寞的，并不是梦醒时分孑然一身，而是在失眠的孤夜，没有过往可以去回想。

四

我们必须学会尝试，生活中最大的危险不在将来，是你不敢，只有不断尝试的人才会变得日渐成熟，才会内心丰盈。谁的青春不曾迷失？当一切偏离了原本的轨迹，过早地承受了不该去承受的成熟，你是否会为此而遗憾？

前方荆棘密布，或许会变得伤痕累累，走过去，青春没有错，时光还会静静流逝，日子会将一切洗刷干净，站在高高的山上，面对大家，高声大叫"青春无悔"，即便我们都会流泪。

世上没有不受伤的船，谁的青春不犯错？不要抱怨成长中的坎坎坷坷，那是良药，自古良药多苦口，多吃点苦，多受些伤，才能磨去锋利的棱角。哭过之后，仍能坦然一笑，不耿耿于伤和痛，也许偶尔有回忆，但更多的是粲然向前看，那便是我们的青春。

五

做自己喜欢的事，做最好的自己，在最美丽的青春年华里绽放系自己的美丽。

年轻用来犯错，也是用来给自己上课，尝尝各种轻狂的快感，也尝尝各种失败的痛苦，然后才能收拾行囊，心甘情愿地走上规规矩矩的路。

年轻人犯错误，上帝都可以原谅。但请你记住：上帝能够原谅的事，社会不一定会原谅；上帝能够原谅的事，老板不一定会原谅。未来你将生活在现实而复杂的社会里，而不是学校里，或者天堂中。

青春有很多诱惑，也会有很多冲动。轻狂过，不后悔，可犯错，别犯傻，一路走下来，终要有所收获，或是激荡，或是疼痛，尝试了，在合适的时间，给躁动的心降温去火，方能明白，什么是不后悔。

第二辑
行动起来就是大慈悲

行善是一种高贵的品德，它会让你的灵魂得以升华。人可以在行善中，感觉到自己是那么强烈地被需要，从而得到一种自我满足感，找到自己人生的意义。人只有真正做了善事，才会得到真正的快乐。

行动起来就是大慈悲

从 1935 年开始，埃塞俄比亚的信封一直保持一个版式：普通的信封上，左下角是一个孩子的照片，下面写着一段话："行动起来，就能改变世界，哪怕是小善，都是大慈悲。"

这背后，是一个关于大爱的故事。

埃塞俄比亚地处非洲东北部，常年干旱，当地百姓饮水十分困难，水资源危机致使每年有 6000 人死亡，而大量非洲儿童因为缺少干净饮用水而活不到五岁，他们每天长途跋涉几千米，取回的，却只是泥浆。

残酷的现实，被一个叫哈里斯的美国小男孩知道了，当时他还在上学，从父亲那里得知这一情况，幼小的他心里格外难受，决定要帮助这些连饮水都无法保障的人们，但无奈没有任何收入，善良的种子在心里播下，止不住地生根发芽，没有经济来源的哈里斯，取出自己的零花钱，准备捐献给非洲。父亲对他的计划却不屑一顾，不到 100 美元，解决不了什么问题。父亲问他，钱是拿来买水，还是要怎么处理？

哈里斯有些失望，他原本以来这些钱很多了，这可是他用几年时间存下来的零花钱，而且，具体该如何操作呢？在母亲的帮助下，他做出一个"水井行动"的计划——募捐到900美元，就可以打一口水井。

他找母亲贷款了100美元，承诺未来两年内用家务活偿还，又从亲戚处募捐到146美元，加到一起，仍然差得很远。他继续到学校募捐，并把小朋友的画拿到街上售卖，一个月下来，还是差一些钱，最后，他给当地的一个富豪写信，希望可以募捐到那笔差额，给非洲的孩子打一口水井，富豪同意了他的请求。

当第一口水井冒出清澈的水时，哈里斯在父亲的陪伴下，目睹了村民们开心的表情，回到美国，父亲也开始支持他的活动。在媒体报道以后，整个美国都在行动。好莱坞明星维罗尼卡·莱克认捐两口水井，美国总统罗斯福也捐款900美元，尽管当时美国整个社会面临经济大萧条的危机，但善良的脚步没有停下。

一年后，埃塞俄比亚增添了84口水井，时至今日，水井慈善仍在延续。为感谢哈里斯的贡献，埃塞俄比亚政府把他的照片印在了信封上以示纪念，沿用至今。

当我们与世界相遇时，遇到的都是一个人、一件事，那个人、那件事，都是具体的对象，爱也同样如此。只有具体的才是真正的爱，无论事大事小，行动起来，就是大慈悲。

桑贾伊的拯救

　　八岁的桑贾伊每天从印度西孟加拉邦的一个贫民窟步行到加尔各答去上学，只因河对面的这座城市有免费的公益学校。在两地之间，有一座豪拉大桥，它是印度最负盛名的桥梁之一，每天约 6 万辆汽车以及无数的摩托车、脚踏车经由大桥来往两岸，可谓世界最忙碌的桥梁之一。除了各种车辆穿行，每天还有数十万行人往来于豪拉大桥。

　　豪拉大桥上的行人很多，高峰时间，一辆汽车要花 45 分钟才能过桥，桑贾伊也会排队缓慢前进。在等待的时间里，桑贾伊发现，大人们会一边咀嚼"古特卡"一边抱怨，还有人朝着桥柱吐口水，这让桑贾伊很是不开心，有几次，他前去指责那些不文明的大人，结果却被粗鲁地嘲笑。

　　有一天，在课堂上，老师讲起吸烟的危险，并举例证明，说"古特卡"是混合型烟草产品，内含碎槟榔、烟草、石蜡以及其他成分，在咀嚼的过程中，"古特卡"会产生高浓度酸性物质，甚至可以腐蚀金属。听到这里，桑贾伊又想起那些豪拉大桥上的人。放学的时候，他一边行走一边观看，好多人都在咀嚼"古特卡"，很多口水都被人们随便吐在了桥上，他突然想起老师的话，"古特卡"会腐蚀金属，豪拉大桥也是钢铁结构啊，会不会被腐蚀？想到这里，他立即开始查看，发现桥柱、悬臂接口等金属构件都被口水腐蚀得锈迹斑斑，支撑豪拉大桥的几个支柱外面的金属外皮，平均已有一半被腐蚀掉了。

这个发现让桑贾伊很是担心，第二天，他把情况报告给老师。随后老师跟他前往豪拉大桥，通过细致的调查，老师也发现事情的严重性，又取样送到专业机构进行化验，结果让他们大吃一惊：酸性物质已严重腐蚀了桥梁，如果不立即进行维护，桥梁将有垮塌的危险。

在老师的帮助下，桑贾伊给政府写了信，详细介绍了豪拉大桥被腐蚀的情况，请求政府立即进行维护，不要让豪拉大桥出现危险。

信件被转发到政府官员的手里，他们有些不屑，要知道，豪拉大桥是印度最负盛名的桥梁之一，1943年落成，桥长705米，是全球第六长的悬臂桥。在建造的时候，印度政府为为了确保工程质量，邀请了著名的桥梁设计专家做出方案，政府当时不断给专家们强调的就是牢固，说最好能用几百年，而专家经过不断的修改，最后拿出最坚固安全的结构设计，而在建造的过程中，政府派遣专人全程跟踪监督，确保工程质量。豪拉大桥建成以后，通过了国际桥梁专家团的严格检验，成为印度的地标性建筑之一，这样牢固的建筑，怎么可能因为一些唾液就影响到了质量？

等待了一个月，还是没有得到政府的答复，桑贾伊只好给电视台的记者打电话，起初，记者也不愿意相信，但在桑贾伊的坚持下，答应会抽时间去看看。晚上下班路过豪拉大桥时记者想起了桑贾伊的电话，然后下车查看了一下，结果发现的问题让他不得不重视起来。

几天后，电视节目中播出豪拉大桥被腐蚀的画面，因为每天人来人往，在通行的过程中，人们会对着桥柱吐掉口中的"古特卡"，这些唾液中所含的高浓度酸性物质使桥面遭到严重腐蚀，节目主持人说到桑贾伊的提醒，并报道了鉴定的结果。

当那些曾经在豪拉桥上吐过口水的人看到节目之后，恨不得钻进地洞里去，似乎谁都难以相信，随地吐口水竟然会腐蚀桥面，以至令大桥减寿。但事实却狠狠抽了那些随地吐口水的人一耳光，他们不会想到，自己的一个陋习，会让一座桥梁受到影响。为了挽救桥梁，政府也开始积极宣传，希望人们不要在豪拉大桥上吐口水，此外，政府对大桥进行维护后，还在桥面铺设了一层印有印度诸神像的玻璃纤维布，这样一来很多人在咀嚼完"古特卡"后也会有所顾忌，不再随意吐口水，而发现危机的桑贾伊的名字，被人们四处传诵。

补交 58 年前的罚款

戴尔·克劳福德是美国休斯敦市的一名老人，已经 80 多岁了。2011 年 12 月 22 日，他在家清理房间，书房里的旧照片中，掉出来一张票据，他戴上眼镜，凑在窗户边上看，让他大吃一惊的是，这竟然是一张罚款单，金额 1 美元，日期是 1953 年 2 月 3 日，是交通部门开出的单子，罚款理由一栏写着"停车超时"。

他仔细回想，1953 年，那是 58 年前的事了，当时的他，只有 23 岁，2 月 3 日，他把车停到什么地方了呢？也许是因为年纪大了，他不得不多花一些时间来回忆。他踱着步子，在书房里来回走动，当目光扫过墙壁上挂着的军装照片时，他一下子反应过来，那一天，是他入伍的日子。

当时的美国执行的还是义务兵跟志愿兵结合的兵役制度，按照规定，克劳福德必须入伍完成服役。在体检合格后，1953 年 2 月 3 日，他跟上班的父亲约定好停车的位置后，一个人开着车去征兵站，把车停到政府开设的计时收费停车场，缴纳了停车费，然后就去报到服役，两年后，他退役回家，参加工作，娶妻生子。

也许是父亲忘记了按时取车，也许是没有带钱缴纳罚款，然后一直被遗忘，直到现在，这一张罚款单，已经逾期58年。

他不知道，如果现在补交，需要支付多少滞纳金，他想起了前些年电视里报道的一件事，一位出差的先生，把车停到机场，回来忘记取车，最后缴纳了5000多美元的滞纳金，那还仅仅是一年的时间，而自己的这一张罚单，已经拖延了58年，也许是几万，也许是几十万，还有可能是几百万……

如果不去承认，那么谁也不知道，接下来的几天，克劳福德寝食难安，在缴纳罚款和避免巨额罚金之间来回摇摆，最终，他做出了决定。

他先找到交通部门，述说了事情的经过，呈上了这一张泛黄的票据，表达了歉意，并表示愿意接受任何的处罚。工作人员认真查阅，在核对了所有的纸质记录和电脑登记后，发现没有记录，他们赞扬他的同时，劝说他回家，因为政府不会接受任何一笔没有记录的罚款，但克劳福德坚持要缴纳这笔罚款，他说：这笔罚款58年前就应该缴纳，因为种种原因被延迟，现在知道了，就一定要补上。在他的一再坚持之下，工作人员收下了单据，让他回家等候通知。

事情最后上报到了休斯敦市市长安妮斯·帕克面前，在听完汇报以后，她做出了决定，在美联社记者的见证下，克劳福德补交了 1 美元罚金，因为没有记录，也就不存在滞纳金问题，又鉴于这笔钱的特殊性，政府没有将其缴入税收，而是与那张 58 年前的罚单一起装裱起来，存放在市政府的大厅里，旁边，是戴尔·克劳福德的照片与事情的经过，希望以此为市民树立榜样。

记者采访克劳福德时，他说："这是一笔'债'，还了，我才能心安。"

不会倒的牙刷

素有设计界奥斯卡之称的红点设计大奖新一季的获奖名单公布于世，宝马 5 系旅行车、Cosmos II（克摩斯 2）机箱、斯沃琪概念手表等世界著名的品牌呈送的作品榜上有名，令人惊讶的是，一把牙刷居然也夺得了大奖。

米勒是一位全职妈妈，每天在家照顾两个孩子，儿子四岁，女儿刚好一岁，尽管不用工作，她每天也忙得晕头转向，这边儿子跑到厨房玩水，还没收拾干净，小女儿又尿裤子了，她成天就围绕着两个孩子跑，常常累得想发火。

有天早上，她刚起床，先给儿子做好早餐，然后又给女儿喂奶，接着又上网订购今天的食物，忙活一大早，连脸都还没来得及洗。等安置好孩子们，她这才跑到洗漱间，刚拿出牙膏挤到牙刷上，客厅的电话响了起来，她只好把牙膏放到洗漱台上，匆忙跑出去接电话，原来是保险公司打电话来核对保险业务的，等她接完电话再回到洗漱间，却发现牙刷翻了个面，而上面的牙膏则已经沾到洗漱台上了。

虽然这是件小事，但让忙碌了一大早的米勒十分郁闷，她一边清理一边抱怨，为什么那些牙刷生产商们成天只想着在刷毛上折腾，怎么就不设计一个更方便的牙刷啊。

清理完洗漱间，她出去照顾孩子，客厅的地板上摆了各种玩具，刚收拾好的家又乱得一塌糊涂，而儿子却拿着一个不倒翁玩得不亦乐乎，正当她准备发火的时候，眼睛却被儿子手里的不倒翁吸引住了。

她突然想起刚才的事，可以把不倒翁跟牙刷结合起来啊，这样牙刷重心在底部，可以将其竖直摆放，而不用再放在洗漱台上或是杯子上，即便临时出去接电话，牙膏因为是附着在略有些倾斜的牙刷上的，所以，它从刷毛上脱落、弄脏洗漱台的可能性也就降低不少，最重要的是，这样的结果，不仅仅是方便，对牙刷的卫生清洁也很有好处。

说做就做，她立即开始简单的实验，去超市买了几把牙刷回来，把尾部磨成圆形，再加上一定的重量，一个简单的不倒翁牙刷就面世了，尽管还不够漂亮，但无论怎么放，牙刷头永远是朝上的。

随即，她开始进行详细的设计，通过不断的推算，她把牙刷尾部的塑料加重。整个设计成一个椭圆形的空心壳体，下半部分填充一个实心的半球体，这样重心就在半球体之上，牙刷就能始终处于竖立的状态。

最后，在丈夫的帮助下，她生产出成品，并报名参加德国红点设计大赛，最终获奖。包括高露洁、佳洁士等著名品牌在内的牙刷制造商，都开始找米勒谈起了购买专利的事宜。

评委会在致辞中说，所有的设计，其灵魂是为人类服务，而不是美观或者漂亮，能解决生活中的麻烦的设计，就是最好的设计。

7 亿美元为三文鱼让道

每一年的 10 月，成千上万的三文鱼将由太平洋洄游到自己出生的河流，循着水道产卵、繁殖，600 千米的路途，三文鱼不会歇息，也不会吃东西，因为一旦停下来，湍急的水流又会将它们冲向下游。在这个过程中，会遇到隘口、瀑布等一个又一个的障碍，它们与激流搏斗，遍体鳞伤，还要躲避老鹰和熊的捕食，也会跳到浅滩上，能够到达目的地的三文鱼，只有 10%，其余的会死在路途上。那些成功抵达的三文鱼，在产完卵后，也会因为劳累过度迅速死亡。整个过程悲壮而神圣，生命的轮回像是仪式一般庄严，无论前方万般艰险，三文鱼依然义无反顾去完成繁衍。

可是，一座水电站的大坝挡住了它的归途！

20 世纪初，美国掀起了建设大坝的热潮，出于经济发展的需求，大坝造成的环境影响被抛到了脑后。1921 年，在三文鱼的产卵地——华盛顿州艾尔华河上，一座高达 64 米的水坝，阻断了原始的水流。从此以后，那些历经种种磨难的三文鱼，尚未进入艾尔华河，就在距海峡 5 千米处撞上一片钢筋水泥。它们不知道面前的障碍的高度，只要洄游到这里，就会拼尽全力，想要越过水坝，却总是被阻挡回来，它们再跳跃，再撞墙，一次又一次，像自杀一样重复着，直到筋疲力尽而死亡。

环境保护者、渔业生态学家布莱恩·温特从 20 世纪 80 年代开始关注这些三文鱼，他说："当光线较好的时候，你可以看到那儿的三文鱼，它们在等待着大坝消失。"他给华盛顿州提交的拆除大坝的报告上说"三文鱼母亲在流泪"，从此，他便为这些三文鱼四处奔波，联系一批同样关注此事的动物保护者、环境保护组织和渔业组织，致力于拆除大坝。

建设容易，拆除艰难，水电站为河流沿途的众多城镇、一个港口、三家锯木公司供电，牵扯到无数人的切身利益，拆除的代价之大，无法估计，他们的提议激起水坝支持者的强烈反对，大规模举行游行活动进行抗议，到底是以人为本还是让道三文鱼，一时之间争议不断，联邦政府也一直保持沉默，毕竟，拆除这些大坝，还要花费巨额的资金，媒体也把矛头对准了布莱恩·温特，批评他的做法是"虚伪的善良"。重重阻力压到了他的身上。

布莱恩·温特没有悲观，表示"绝不放弃"，每年依旧提交报告，定时到锯木厂去抗议，还在沿途的城镇上做宣传，也曾被居民赶出城镇。他拍摄了大量的三文鱼无法跃过大坝的图片和视频，利用晚上偷偷地塞到居民家里。

20世纪末，人们的环境保护意识逐渐增强，开始逐步意识到水坝产生的生态影响，布莱恩·温特的观点得到越来越多的人的支持，沿途的居民也渐渐理解，投入他组织的活动中来，但政府依然不松口，因为拆一座大坝，如同建一座大坝一样复杂。除了涉及各方利益的谈判，还需要如建造大坝般地拆坝，这将是一项浩大的工程，艾尔华大坝的钢管大到可以钻进一头大象，还要回收26759立方米的混凝土，这相当于美国帝国大厦一半的建筑材料，还有几百吨重的金属。另外，水库中蓄积的水需要逐渐泄掉，此外，水库中还有大量的沉积物，得耗费多年的时间来逐步解决问题。

参与的人们有些灰心，一些活动参与者选择了离开，直到进入21世纪，前任美国河流协会主席莉贝卡·沃德被时任总统奥巴马提名担任鱼类野生动物及公园管理局的助理秘书，才让自然资源保护者们信心大增，因为她也是活动的支持者。

20多年不懈的坚持，终于得见希望，在奥巴马的指令下，艾尔华河生态恢复项目启动，决定从2011年9月开始拆除艾尔华河上的两座大坝，算及拆除的费用、新的电能供应、水资源供应、鱼类和植被培育工作，前期的花费就需要 7 亿美元。

2014 年，大坝完全拆除。到 2030 年，艾尔华河的三文鱼，不会再哭泣，7 亿美元铺就的河道里，洄游会很顺利。

宽容是金

2004 年 8 月 23 日，雅典奥运会男子单杠决赛正在激烈进行。28 岁的俄罗斯名将涅莫夫第三个出场，他以连续腾空抓杠的高难度动作征服了全场观众，但在落地的时候，他出现了一个小小的失误——向前移动了一步，裁判因此只给他打了 9.725 分。

此刻，奥运史上少有的情况出现了：全场观众不停地喊着"涅莫夫""涅莫夫"，并且全部站了起来，不停地挥舞手臂，用持久而响亮的嘘声，表达自己对裁判的愤怒。比赛被迫中断，第四个出场的美国选手保罗·哈姆虽已准备就绪，却只能尴尬地站在原地。

面对这样的情景，已退场的涅莫夫从座位上站起来，向朝他欢呼的观众挥手致意，并深深地鞠躬，感谢他们对自己的喜爱和支持。涅莫夫的大度进一步激发了观众的不满，嘘声更响了，一部分观众甚至伸出双拳，拇指朝下，做出不文雅的动作来。

面对如此巨大的压力，裁判被迫重新给涅莫夫打了9.762分。可是，这个分数不仅未能平息观众的不满，反而使嘘声再次响成一片。

这时，涅莫夫显示出了他非凡的人格魅力和宽广的胸襟。他重新回到赛场上，举起右臂向观众致意，并深深地鞠了一躬，表示感谢；接着，他伸出右手食指做出嘘声的手势，然后将双手下压，请求和劝慰观众保持冷静，给保罗·哈姆一个安静的比赛环境。

涅莫夫的宽容，让中断了十几分钟的比赛得以继续进行。

在那次比赛中，涅莫夫虽然没有拿到金牌，但他仍然是观众心目中的"冠军"；他没有打败对手，但他以自己的宽容征服了观众。

涅莫夫的宽容值得称道。在生活中，出现摩擦、不快和委屈，是常有的事。我们不能以针尖对麦芒，因为怨恨就像是一只气球，越吹越大，最后会膨胀到无法控制的地步。面对怨恨，我们应该不念旧恶，不计新怨，能宽容时就宽容，得饶人处且饶人。

微笑是一种救赎

高中毕业，因家庭贫寒，我待业在家，不满足于面朝黄土背朝天过一辈子，想要外出去打拼。跟家人讲述了自己的想法，父亲极力反对，坚持要我跟他干几年农活，把身体打磨强壮了再说。对家人的态度，我非常难过，赌气从同学家里借了路费，一个人偷偷到了广东。

初到广东，我被这里的繁华所吸引，来来往往的人群西装革履，让年轻的我信心满满，暗暗发誓不成功就不回家，一定要打拼出一番事业。几天过去了，才发现梦想跟现实差得太远，一个高中生，文化水平低，不认识任何人，完全没有工作经验，要想找到工作，谈何容易？我像一个没头的苍蝇，四处乱撞。白天，我在城市中的各个招聘广告栏前寻找机会，夜晚，我便睡在车站，16 岁的我，第一次体会到生活的艰辛。当口袋里最后一元钱变成面包的时候，我开始害怕起来。也想过跟家人联系，却不想再看见父亲怀疑的眼神。

还是没有找到工作，我已经两天没有吃过东西，饥饿让我对城市开始恐惧，实在饿得不行了，就跑到车站的卫生间去喝自来水，到夜晚的时候，去垃圾桶里寻找食物。这样的情况坚持了好几天，肚子难受得不行，我决定，去抢劫，不管父母如何看待我，那时我只有一个念头，去抢钱，买东西吃。

我找到一个自认为适合下手的地点，这是一个新建在郊区的学校，有学生或者老师下了晚自习回家，从学校到城区有一个小坡，周边是菜地，人少，路灯暗。晚上九点，喝饱了一肚子的水，拿着从垃圾堆里捡来的一根铁棒，我在路边的草丛中藏了起来。

学校下晚自习的铃声传了过来，我有些激动，也有些害怕，当第一个学生出现在视野中的时候，我没有动手，因为后边跟着人，等了好久，都没有合适的机会，绝大多数都是几个人在一起。

当她推着自行车爬这个坡的时候，我知道我的机会来了，她有50多岁，戴着眼镜，应该是个老师。再一看，后面没人。她越走越近，我的手开始哆嗦，紧张得心都快蹦出来了，15米，10米，5米，我从草丛中跳了出来。

很明显，我因为紧张出来得太早了，这个距离她完全还可以转身就跑，最重要的是，位置刚好在路灯下。她没有跑，也许是被我吓到了，停在那里看着我，眼神里写满紧张和不安，我也没有动，两个人就这样站着，对峙着。

我的脑子一片空白，全身都在抖，没有冲过去，也没有想到该怎么办，两分钟后，她却突然动了，不是往回跑，而是推着车朝我走了过来。

4米，3米，2米，她一步一步向我走来，眼神里不再是慌张，当她走到我身边的时候，朝着我笑了一笑，这一刻，我竟然忘记是要抢劫，也朝着她微笑。

当她的身影消失在黑暗里，我的身体才稍微松弛了下来，随即，我扔了铁棒，匆忙向另一边逃跑。

一个夜晚，我没有睡觉，就想着她的微笑，第二天，我捡了垃圾卖掉，给父亲打了电话，四天后，我跟父亲回了家。

多年以后，我仍旧忘记不了她的眼神，一个简简单单的微笑，一份把后背交给我的信任，把那个黑夜，映照得透亮透亮的，从灵魂深处，用信任救赎了一个即将跌入深渊的无知少年。

大师背后的大师

著名教育家蔡元培，看到梁漱溟发表在上海《东方》杂志上的《究元决疑论》后，决定请梁到北大任教。梁感到十分惶恐，他对蔡说："我只不过初涉佛典，于此外的印度哲学实无所知。"蔡反问道："那么你知道有谁能教印度哲学呢？"梁漱溟说不知道，蔡说："我这次到北大当校长，是下决心要把各方面的哲学人才网罗到北大来的。你怎么可以不来呢？你不要当是老师来教人，你当是来合作研究，来学习好了。"于是，24 岁的只有中学学历的梁漱溟，便到北大执教，开启了他的治学之路，后来成了一位著名的哲学家。

1917 年，罗家伦想修外文，投考北京大学文科，恰逢胡适判阅其作文试卷。胡适毫不犹豫地打了满分，并向学校招生委员会荐才。可校委们查看罗家伦的成绩单后大吃一惊。原来，罗家伦的数学成绩竟然是零分，其他各科分数也平平。取弃争论之际，主持招生会议的蔡元培校长力排众议，破格录取罗家伦。

1923 年，20 岁的沈从文从湘西来到北京，只有小学文化程度，甚至连标点符号也不会用。穷困潦倒的沈从文尝试着给作家郁达夫写了一封求助信，郁达夫去了沈从文租住的房屋，先解下自己的羊毛围巾给这位小兄弟围上，再把他拉到馆子里撮了一顿，一结账，共花去一元七角钱，郁达夫拿出五块钱付了账，将找回的三块多钱全给了沈从文。之后，郁达夫把沈从文介绍给当时著名的《晨报》副刊的主编。一个月后，沈从文的处女作《一封未曾付邮的信》在《晨报》副刊上发表了，荒凉的原野上终于出现了第一枝花，只几年工夫他便享誉文坛。

钱穆被称为中国当代最后的"大儒"，然而这位大师连中学都没有毕业。钱穆父亲去世时他才 12 岁，父亲一走，钱家立时陷入了困顿，因此在他和长兄双双考入常州府中学堂不久，钱穆就辍学在家，后又到一所小学任教，开始了长达 10 年的乡村教育生涯。期间，钱穆以面壁之功专治儒学和史学，终于因学术著作《论语文解》获得了上海圣约翰大学教授钱基博的赏识，将他推荐到无锡省立第三师范任教。之后，经历史学家顾颉刚推荐，钱穆接连接到了北大、清华、北师的聘书，这个连中学都没有毕业的无锡小子同时在北京四所最负盛名的大学执教，一时名动京师。

1930 年的一天，清华大学数学系主任熊庆来，坐在办公室里看一本《科学》杂志，看着看着，不禁拍案叫绝："这个华罗庚是哪国留学生？"周围的人摇摇头。"他是在哪个大学教书的？"人们面面相觑。最后还是一位江苏籍的教员想了好一会儿，才慢吞吞地说："我弟弟有个同学叫华罗庚，他哪里教过什么大学啊！他只念过初中，听说是一个杂货店的店员。"熊庆来惊奇不已，一个初中毕业的人，能写出这样高深的数学论文，必是奇才。他当即做出决定，将华罗庚请到清华大学来。从此，华罗庚成为清华大学数学系助理员，后来有机会出国深造，成为世界闻名的数学家。

在书画、古典文献、文物鉴定方面堪称大师的启功先生，给自己撰写的墓志铭开篇便写："中学生，副教授……"是的，不用怀疑，他中学没有毕业，就开始了职业生涯。当时担任辅仁大学校长的史学大师陈垣，看了他的文章和字画，颇为欣赏，便介绍他到辅仁大学附中教一年级国文。但辅仁大学教育学院的院长不买陈垣的账。尽管启功的教学效果不错，对方仍以启功中学都没毕业，怎么能教中学为由，把他刷掉了。陈垣又二次安排他到辅仁大学美术系当助教。一年多以后，那位院长又以资历不够把他刷掉。启功失业后生计困难。陈垣第三次安排他教授大学一年级的国文，终于给他铺平了通往大学讲坛的道路。

大师固然重要，发现大师的伯乐更重要，没有这些背后的大师破格荐才，也许但没有后来的大师，正是因为这些大师识才惜才的慧眼，更有着大学开放自由的胸怀，才造就了更多的大师。

为一个孩子改建烟囱

利奥·帕克是一个6岁的男孩，最近，他搬到了格洛斯特郡赛伦塞斯特附近的新家里，房子是新建的，有4层。帕克再也不用跟哥哥挤一个房间了，他分外开心，每天跟在爸爸妈妈的后面，帮忙拿一些小东西或者自己的玩具，他还亲手把自己的小房间漆成了绿色。

忙碌完，帕克又爬到了屋顶上，他要把烟囱也刷上颜色，这样更容易让圣诞老人看见，不会忘记给自己送礼物。去年圣诞节，爸爸妈妈照顾生病的奶奶，袜子里可是什么也没有，妈妈说，可能是天太黑，圣诞老人没有看见。

他认真地忙活起来，一遍一遍地，不放过一丁点地方，转角的地方也仔细地刷上一层漆，几个小时后，一个黄色的烟囱耸立在房顶上。看到自己的成果，帕克很开心，今年，圣诞老人一定可以看得见了。突然，帕克发现了一个问题，以前家里的烟囱的一面是5块砖，现在这一个，数了几遍，都只有4块，他想到一个很严重的问题：少了一块砖，烟囱就小了很多，圣诞老人背着礼物，从烟囱进入家中时会被卡住啊，这样，自己今年又收不到礼物了。

他哭着跑下楼去，把事情告诉了妈妈。妈妈陪着他一起上楼顶检查，因为以前没有注意，无法确认烟囱是否少了一块砖。最后，妈妈打电话给以前房屋现在的主人，麻烦他帮忙数一下，结果确实如帕克所言。

妈妈也没有办法，劝导帕克，圣诞老人可以变形，圣诞老人不胖，并且保证今年可以收到礼物。但无论怎么解释，哭泣的帕克认定了圣诞老人进不来。最后，妈妈想到一个办法：你为什么不写封信给杰里米·帕克斯顿请求帮助呢？

帕克斯顿拥有英国科茨沃尔德的豪华度假屋开发企业，是帕克新家的建筑商。晚饭都没吃，帕克就进了书房，他用歪歪扭扭的笔迹写道："亲爱的帕克斯顿先生，你给我们建造的新家很漂亮，我很喜欢，但我很担心房子没有一个足够大的烟囱，圣诞老人进来时可能会卡住。请你帮帮我吧。"

第二天一早，帕克把信给了邮差，就在家中等待着回信。

两天后，信到了建筑商帕克斯顿的手里，他立即召开会议，商讨是否要为这个孩子改建烟囱。当初施工的工人说，烟囱是用一种新砖建造的，看似比原来少了一块，但因为砖的长度增加了，实际上烟囱大小一样。设计师也反对改建，因为拆除现在的烟囱，重新用老式的砖建造一个同样大小的，成本包括现有的建造费用、拆除费用、新建的费用，将高达 2 万英镑。

经过深思熟虑，最终，帕克斯顿决定去帮助帕克，他动情地说："能够帮助到一个孩子，比 2 万英镑更能让人快乐。"

一天后，帕克斯顿带着 1 名数学家、1 名设计师、3 名建筑工人，赶到了帕克家，重新为圣诞老人设计烟囱。帕克分外开心，他的妈妈简直不敢相信眼前的事实。

设计过程中，烟囱的尺寸是要考虑的关键问题，需要确保圣诞老人在通过烟囱时不会感到很挤。为此，设计师综合考虑了圣诞老人的腰围和他进入烟囱的风险因素，借助一个数学公式计算出烟囱的尺寸，整个过程中，多次征求了帕克的意见，包括外观、颜色。

经过几天的努力，烟囱改建成功了，长 1.75 米、宽 1 米、高 7 米。帕克斯顿对帕克说："我可以保证这个烟囱足够让圣诞老人带着礼物进入。"为了让帕克相信，公司请来吊车，让人装扮成圣诞老人，演示如何从这个新烟囱进入客厅。

当"圣诞老人"到达客厅的时候，帕克兴奋地向"圣诞老人"竖起拇指，跑过去拥抱他，并邀请他在节日的时候，来家里吃饼干。

完成了所有工程，帕克斯顿要走了，他握着帕克的手说："我会给圣诞老人打电话，保证你今年能够收到比过去都要好的礼物，我保证。"

为一个 6 岁孩子的梦想，花费 2 万英镑，大费周章地去改建一个烟囱，这是有爱心的人尊重孩子的具体表现，对于正在成长的帕克来说，这个工程成就的更是一份希望。

蹬脚踏车减刑

很多国家都派遣了警察来到巴西的圣丽塔 – 杜萨普卡伊市监狱，观摩交流如何管理犯人的办法。巴西监狱方面能够吸引世界的目光，其实办法很简单——蹬脚踏车发电减刑。

如何加强对犯人的管理，是所有监狱管理者面临的问题。犯人不用工作，自由遥遥无期，没有任何希望，长此以往，无所事事，便开始打架斗殴，甚至还有人开始越狱。

圣丽塔监狱最初采用的办法，是准备大量的书籍，希望借文化的力量减少暴力的发生。他们告诉犯人，只要阅读完一定数量的书籍，就可以获得相应的刑期减免。监狱方面本以为犯人们会蜂拥而至领取书籍，结果却令人失望——这些犯人虽然渴望减刑，但对书籍实在没多少兴趣，应者寥寥，在他们看来，与其去费脑筋看书，不如坐着发呆。

监狱花费重金，却没有丝毫成效，政府感到十分头疼，一时却也没有良策解决问题，直到席尔瓦·拉斐尔接任监狱长。他上任两个月后，一份关于教化犯人、加强监狱管理的报告提交到市政府。

拉斐尔的办法初看并没有什么高明之处，他准备引进两套发电设备，设备一端是固定的脚踏车，另一端连接着蓄电池，囚犯只需不断蹬车就能产生电能，存储到电池之中。一个犯人如果踏上一整天，产生的电量可以满足三盏街灯的用电需求。这个方案在打发犯人无聊时间的同时，还可以产生一定的"绿色能源"，另外也能促使囚犯锻炼身体，并为他们枯燥的生活增添一丝乐趣。最重要的一点，囚犯只要骑自行车 16 小时就可以减刑一天。

一举数得的方案得到政府的首肯，市法院随即批准了拉斐尔的报告，同意先引进两套设备作为试验。

当发电脚踏车安装完毕之后，好多的囚犯们开始试玩，这种纯体力的游戏，可比看书好玩多了。但随着时间的延续，两台发电脚踏车并未解决什么问题，犯人们偶尔把它们当作健身的工具，至于能发多少电，他们并无多大的兴趣，一整天不停地蹬车，才能换取减刑一天，对脾气暴躁的囚犯来说，坚持 16 个小时，并不是件容易的事。

所有人以为方案面临失败的时候，监狱长拉斐尔却申请政府多配发一些发电脚踏车。

原来，有一天，拉斐尔陪家人看电视，一个关于战争中帮助别人的故事结尾的一句话深深打动了他——"帮助别人能证明我自己的存在。"

人活着，可不是仅仅为自己，帮助别人是爱的表现，能证明一个人的价值。受此启发，拉斐尔想到监狱的管理。犯人之所以绝望，失去自由是一个因素，但更重要的原因，是失去了生活的希望。监狱把他们当成犯人，首先就建立了一种对立的关系，在这种环境下，犯人自暴自弃，思想上觉得自己就是个坏人，会逐渐自我否定，觉得人生没有丝毫的价值，有如行尸走肉。

为什么不让他们证明自己对世界还有价值呢？想到这里，拉斐尔格外兴奋，但考虑到具体的操作办法，他又头痛不已。鉴于监狱特殊的环境，如何去实现这一想法是件艰难的事。

三天后，他把所有囚犯集中起来，播放巴西贫困地区的生活现状：无数的家庭没有照明，每到晚上，孩子们的世界一片黑暗，只能寄希望于月亮的出现，才可以跟小伙伴们玩耍。

镜头里一片漆黑，孩子们背诵诗歌的声音格外震撼，不少犯人的脸上，流露出难过的神色。视频播放完毕，有人流下泪水，这个时候，拉斐尔宣布——"你们，可以送给他们光明。"

囚犯大惑不解，拉斐尔说："我们有脚踏车可以发电，可以帮助到这些黑暗中的孩子。"

人群激动起来，大声支持拉斐尔的想法，犯人们明白了，原来自己哪怕身处监狱，也还可以帮助别人。

两台发电脚踏车被犯人不停歇地骑动，大家都努力在发电——不只是为减刑，更重要的是自己还可以帮助别人。几天后，政府又配发了40台车，但依然供不应求。

当囚犯提供的电输送到贫困地区，孩子们在夜晚可以在灯光下阅读、嬉戏的镜头传回监狱时，拉斐尔鼓起了掌。半晌，掌声震天动地，这掌声献给他们自己——一群还可以温暖他人的囚犯。

最好的管理办法不是强制，让犯过错误的人还可以帮助到他人，以此证明自己的价值，表达出那份爱，才是希望所在。

人人都是"国家发言人"

"学校的午餐很丰富，当我走进食堂的那一刻，香味便让我全身的毛孔开始活动，各种食品颜色搭配合理，至于营养，我不知道是否有利于同学们的健康所需。"微博上，18 岁的高中生埃里克·艾斯伯格写下这样的一段文字。

很普通的一段心情记录，常见于微博之中，让人惊讶的，不是这段文字，而是埃里克·艾斯伯格的身份——国家发言人。

需要说明的是，他能代表国家发言的时间，只有一周。

2012 年 6 月开始，瑞典推出一项国家形象推广计划，决心改变以往国家发言人严肃正规的形象。种种方案提交上来，最后，政府采取了最大胆的一种：瑞典公民申请并得到许可后能被"授权使用"瑞典政府官方微博账号，在为期一周的时间内过把"发言人"的瘾。推广机构创意主管帕特里克·坎普曼介绍说，受旅游局聘用酝酿这一项目时，他们主要考虑瑞典所代表的一些价值观，如进取、创意和民主，"我们认为最佳展示是以进取的方式处理这个账号，由普通瑞典人掌管"。成为"微发言人"的程序包括个人申请、他人提名、获得评估委员会认可。只要有意当发言人、热衷发表微博并会使用英语，任何公民都有机会成为"微发言人"。

艾斯伯格当初被选为"微发言人"时也许有些吃惊，但他妈妈对此更为惊讶。她是一位大学工程学教授，当儿子宣布自己可能会在一家网站上成为瑞典的国家发言人时，她还以为是开玩笑，艾斯伯格一再解释之后，她只有一个反应——政府疯了。

作为国家发言人，艾斯伯格觉得有义务回应 28 万粉丝们的任何问题。有粉丝问在斯德哥尔摩哪里能看到金星凌日，他不知道答案，但他还是给对方发了个天文学会的链接。还有一个人问他以后想干什么，这个问题真把他给难住了，考虑之后，艾斯伯格还是真诚回答了对方："我就想一辈子都可以旅游。"

杰克·维尔纳是瑞典官方微博的第一个"微发言人"，他吸引了好几千粉丝，因为他很坦诚地公开了自己的休闲爱好（他的其他爱好包括"喝很多咖啡""和朋友们出去玩"）。23 岁的他在电话采访中说："我想让大家知道，我经常不太成熟，甚至有点蠢，这个国家也是如此，我想你也是这样，世界上的大多数人都这样。写这些总比写'看这些美妙的自然风光照片'之类要强得多。"

世界其他国家关注瑞典官方微博的工作人员一觉醒来发现这种情况，以为瑞典的网页被黑客攻击了，瞠目结舌之后马上联系瑞典新闻机构，不论对方如何解释，致电的人员放下电话还在怀疑之中。

尽管代表国家发言，发言人也是完全按照自己的意愿发表言论，没有任何的官方套话，体现了一个普通瑞典人的真实生活，言论上出错，也没有人责怪——艾斯伯格在刚开始的几条微博信息中，拼写"结束"（finish）一词时，多打了一个字母"n"，变成了"芬兰的"（Finnish），当时他以为会被嘲笑或者政府会取消他发言的权力，但没人追究，还有人留言开玩笑说："这代表了典型的瑞典人，因为，很多瑞典人的英语根本不标准。"

有一位管理员贴出了他圣诞节狩猎驼鹿的照片，一位管理员尖锐地批判了外长的着装很土，另一位则干脆宣布她此刻想谈场恋爱……

律师、商人、警察，哦，还有一名乞讨者也做过一周的发言人，他在微博上说："大家面对乞讨者的时候，可不可以像面对恋人一样大方？"

这就是瑞典的国家微博，人们都期待着每一天有新的发言，而那些关注了这个微博的其他国家的工作人员，每天打开电脑的第一件事，也是及时查看又有谁代表了瑞典，发表了什么样的言论，不同的是，几个月后，没有人再吃惊，太多稀奇古怪的发言，早已让他们习惯了。

真正的忠诚无关背叛

一

夜色深沉，霓虹灯闪烁，一辆汽车停在市中心的咖啡馆前。车门打开，走出一个优雅的男子，合体的西装，斯文的眼镜，皮鞋是一款简单的样式，干净而不失经典，他轻轻取下帽子，理了理脖子上的围巾，走进餐厅。

侍者引领他走到预订的餐桌旁，烛光下，另一位男子起身，紧握他的双手，随即，两个男人开始兴致勃勃地交流，话题从古典音乐到当代诗歌。

红酒飘香，从着装，到谈吐，无一不显示他们的身份，一定属于上流社会。

悠闲的背景下，突然响起了枪声，极不和谐地刺破了这安闲的夜晚。这是 1941 年的巴黎，法国政府投降的第二年。

二

他是伊朗驻法国的外交官，自幼受过良好的教育，属于国家精英阶层。这个成长顺利的男人，对自己的国家，有无比的热爱，全世界都在战火中沉沦，他还能出任外交官，喝着香浓的咖啡，不用操心安全，也不会遭受饥饿，幸福、精致地生活着，他没有理由不爱这个国家，忠于自己的祖国，努力完成每一项外交工作，是他的信念。

他还是个有着道德洁癖的人，诚实，不容许自己撒谎，不管是面对上司还是朋友，他竭力维护自己的原则，对于欺骗或者背叛的行为，他憎恨到骨髓里，在他的观念里，欺骗，是一宗罪。

三

投降后的法国人心惶惶，街面上随时开过的坦克，常常在大街上搜查的军人，还有夜半时分刺耳的警笛声，让这个城市的空气格外压抑——这些，对他来说，并无太大的影响，享受精致的上流生活，努力与德国控制下的法国政府搞好外交关系，是他的生活重心。

街面上，宪兵乘车呼啸而过，逮捕反抗的百姓，这让他有时候觉得不舒服，但还不足可以改变他的观念。那个陪他喝咖啡的男子，是他的至交好友，在音乐、文学方面，有着常人难以企及的学识，不论生活的感受、做事的态度，都是难觅的知音。有一点很重要，朋友也是纳粹军人，面对这样的绅士，让他如何对纳粹军队反感？

每周他起码有三天时间跟安德烈在一起，这是生活，也是工作，对方是德国军人，同时也是法国政府外交部门在这座城市的实际管理者。他们初识缘于工作，但深交，却是因为相互的学识。

战火纷飞的岁月，还能找到好朋友，享受安静休闲的生活，弥足珍贵。

四

近几个月来，他开始反感德国纳粹，起因是某日上街，正在行走，一群直撞过来的宪兵，用枪口指向自己。世界刹那停住，他的大脑一片空白，紧张惊恐之际，枪声响起——身后，一个男子倒在血泊之中，回过神来，衣服被汗浸湿，原来，那是个游击队员。

无论怎样，他无法接受一个人在不加审判的情况下被枪杀，这与他所受的教育形成的观念严重相悖。最重要的一点，他无法承受被人用枪指着的高压，还有那亲眼见证的死亡。这些情景，让他在接下来的夜晚里失眠了。

他找到安德烈，强烈指责这种冷血残酷的暴力。对方沉默，半晌，向他道歉，然后表示也不理解，但无法反对。认识以来，第一次，两人不欢而散。

接下来发生的一件事，让他开始对自己的价值观有了强烈的质疑：有一天，他在领事馆的门口，看到一对母子，母亲哭泣着请求给予护照，一个绅士是不会拒绝给予女性帮助的。他把母子俩接到房间里，询问情况——对方是伊朗籍犹太人，希特勒开始在全世界疯狂清洗犹太人，女士的丈夫被抓走半年杳无音信，而该地区，已开始大规模地逮捕犹太人。

他愤怒了，责骂这种变态的藐视生命的行为，立即拿出签证，用一个简单的印戳，他救下了一对生命。

看着母子俩无以言表的感激之情，他生平第一次开始怀疑：自己原来的精致生活是否真的是幸福的？

五

助人能让人快乐，但他不知道，麻烦来了。

宪兵不知从什么地方知道了他帮助过犹太人，来搜查他的家。在家门口，他大声抗议，以自己外交官的身份。宪兵没有搭理他，粗鲁地将他推开，进了屋搜查。

麻烦接踵而至，无数伊朗籍犹太人知道了他能提供护照，于是蜂拥而至。面对众人，他没有犹豫，他觉得，这是他的工作。护照才开始填写，无孔不入的宪兵闻讯而来，强行逮捕了所有的犹太人，拉去集中营。哭声中，他才知道，这是一条死亡之路。

痛苦之中的他，找到朋友安德烈，请求给予救助。对方也无力应对，拒绝了他。

一边，是几十年的做人原则——诚实；另一边，是几百条生命。他开始徘徊，想起那么多怀有对生的渴望的眼神，他做下最重要的决定——撒谎。

六

他给纳粹当局提交报告，称伊朗犹太人与欧洲犹太人没有血缘关系，并非同一类人。为此，他编了一个故事：巴比伦国王当年将犹太人流放到古代波斯的土地上，但波斯皇帝居鲁士对这些犹太人采取宽容政策，于公元前538年将他们释放回故乡。从此，伊朗再也没有犹太人。不过，那些返回巴比伦的犹太人留下了他们的宗教经典。一些伊朗人对犹太先知摩西的故事感兴趣，随后成为摩西的追随者，从而成了伊朗犹太人的祖先，但他们与真正的犹太人没有任何血缘关系，所以不属于犹太民族。

他希望这个故事能让纳粹当局相信，伊朗犹太人和普通的伊朗人一样，是雅利安人，是纳粹的盟友，他们应当享有伊朗人在纳粹占领区的全部权利，不应受到逮捕和迫害。

纳粹当局起初对这个故事不屑一顾，他们本想召集"御用"人种血统专家进行调研，但他的谎言欺骗了安德烈，在对方的帮助下，当局的调查最终不了了之，勉强同意他的说法，授予伊朗犹太人和普通伊朗侨民同等待遇。

七

在这之后，他把伊朗驻巴黎外交机构的空白护照大量颁发给伊朗犹太人和其他犹太人，一个接一个，办理了文件，确保他们能顺利离开，这是生命的护身符。

没用多久，他手上的 300 份护照就填发一空，而犹太人还在不停地前来。

他向伊朗政府报告了情况，希望获得国家的帮助，但政府拒绝了他的请求——"二战"期间，伊朗政府保持中立，但仍与德国有着贸易联系，签订了贸易协定，保持着较为紧密的外交关系。政府不希望个人的行为影响到两国的关系，命令他立即停止活动。

这是他为之效忠的国家，怎么办？在生命面前，他已欺骗了朋友，这一次，他又背叛了自己的国家——护照不够，他自己伪造印刷。

护照越发越多，宪兵盯上了他，聪明的他花费大量的金钱举办各种晚宴，邀请安德烈及其他纳粹的高官前来聚会，以此来避开宪兵的调查。

八

1941 年 9 月，为切断纳粹德国的供给线，英国和苏联组成联军攻打伊朗，迫使德黑兰政府签订停火协定并中断了与德国的关系。考虑到他的安全，伊朗政府随后向驻巴黎外交机构下令，要求他尽早返回德黑兰。

但是，他选择了留守，虽然没有了外交豁免权，但他依旧冒险帮助犹太人。没有领事馆，他出售自己的祖产维持外交机构的正常运作，用钱购买大量的礼品赠送给那些纳粹军官，获得对方的信任，利用各种关系帮助犹太人离开法国。

与此同时，他找到瑞士驻巴黎大使，原先的关系派上了用场，在他多番请求之下，瑞士人也向犹太人提供外交庇护，保护他们的利益。

直到"二战"结束，四年的时间里，究竟有多少犹太人因为他得到庇护或离开欧洲，他自己都没有准确的数字，只记得发放了1000多本护照。单本护照一般可供多人使用，也就是说，他救出了2000到3000名伊朗犹太人，这些人原本可能被送进集中营，遭到虐待甚至屠杀。

九

他叫阿卜杜勒－侯赛因·萨尔达里，"二战"期间伊朗驻法国巴黎外交官。

在他的帮助下，许多犹太人保住了性命，并在战后过上了幸福生活，但他自己却没有那么幸运。1952年，他应召回到伊朗，却受到政府起诉，指认他未经汇报就随意签发伊朗护照，是叛国行为。

叛国，这是他无法容忍的罪行。而他的德国朋友安德烈，也因为他的欺骗而工作失职，被纳粹当局拘捕，下落不明。两件事情的发生，让他沉湎于无边的痛苦之中。

1978 年，萨尔达里在以色列国家大屠杀纪念馆发表过一次低调的战后感言：正如你们所知道的，我有幸在德国占领法国的时候成为伊朗驻巴黎领事，拯救生命是我的职责所在。

1979 年后，萨尔达里被剥夺了退休金，财产充公，他陷入了贫困。两年后，他在英国首都伦敦孤独离世。

真诚对待朋友，忠于祖国，这是一种信仰，在生命面前，他选择了另一种方式，重新塑造了一个高于信仰的原则：人性、良知以及对生命的虔诚。他给灵魂以伟大的归宿，超越了普通的信仰，这诠释了什么是最高意义的忠诚——不背叛生命。

一个肾救活五条命

学校门口聚集着无数的学生，他们热情等待着一名同学的归来，当凯亚的身影出现的一刹那，掌声整齐响起。接过同学送上的鲜花，在大家的期待中，战胜病魔的她发表了重生感言，只有一句话——献给霍妮卡·布里特曼。

两年前，凯亚刚到纽约读大学，不幸患上了尿毒症，肾脏有70%不能发挥正常的生理功能。起初进行血液透析，病情仍未减轻，又做腹膜透析保护残余肾功能，但是毫无作用，医生通知需要进行肾移植手术。经过检查配型，报告提交到器官管理中心，凯亚却绝望了。原来，由于器官供体的缺乏，当时全美等待接受肾移植的患者多达9万人，而每年成功配型的仅有600多例，也就是说，每150个等待的病人中，只有一人可能得到肾移植的机会。

无奈之下，凯亚只能一边继续进行透析，一边等待符合条件的肾出现。一个月过去了，仍然没有肾源，一年后，奇迹仍然没有出现。在同学和家人的鼓励下，凯亚努力治疗，期待上帝的垂青。

就在她以为上帝抛弃了自己的时候，管理中心却发出通知，找到了适合的肾源，让凯亚做好前期的所有准备。透析、病原学检查、调整心态，一番准备之后，终于等到了那个激动人心的时刻，当凯亚醒来的时候，医生通告了手术的成功。几个月后，一个陌生人出现在她的疗养病房，在医生的微笑中，凯亚才知道，就是面前这位46岁的夫人，给了她新的生命。

凯亚惊呆了，她原本以为肾源来自逝者，这也是常规的器官捐赠群体。而活体捐赠虽然在美国是合法的，但通常适用于亲属之间，陌生人捐赠活体器官的被称作"利他性"或"非定向"器官捐赠，可能存在，但凯亚从来不敢相信万分之一的概率居然发生在自己的身上。要知道，一个肾脏理论上虽然能够维持人体之需要，但人类进化至今，每个器官都有自己的作用，捐出一个肾，仍然对健康有影响，不能做体力活，不能劳累……最重要的，从此再也没有后备的肾，相当于失去了保险，一旦发生疾病，后果不敢想象。

这该是什么样的大爱啊？望着牺牲自己健康来换取他人生命的罗伯茨夫人，凯亚真诚地献上自己的拥抱。

等等，赠予凯亚肾源的是罗伯茨夫人，为什么文章的开头会感谢一个叫"霍妮卡·布里特曼"的人呢？

故事还得从头说起。霍妮卡·布里特曼35岁，是个单身母亲，养育着四个孩子，生活中常常得到邻居和朋友的帮助。当她得知一个朋友肾衰竭的时候，想起这些年受到大家的照顾，在了解清楚捐肾的后果之后，毅然决定捐出自己的肾来换取朋友的生命。经过医院的检测，结果却显示双方的相关指标不匹配，只得作罢。

肾移植是绝大部分终末期肾病患者的最佳治疗方法，需要移植的患者人数逐年增加，因此等待移植的患者人数增长明显，器官短缺已经成为全球性的问题。捐出一个肾，救回一条命，不管是朋友还是陌生人，生命都应该得到帮助。想到这里，布里特曼并没有放弃初衷，她到美国器官管理中心签下了协议，同意把自己其中一个肾捐给任何一位陌生病人。

随后，布里特曼的肾脏被移植给纽约 39 岁的电视制片人亚当·阿伯内西。后者的朋友戴夫·弗格森被这种善举感动，则把自己的肾脏捐给同城的一名商人贾迈勒。作为回报，贾迈勒的大学生儿子捐出自己的一个肾脏，受益者是一名 23 岁的海地移民。这名移民的父亲震惊于人性的善良，又把自己的一个肾脏捐给新泽西州一名退休教师。这名教师的妻子，就是罗伯茨夫人。

于是，从布里特曼开始，一场高尚、伟大的爱开始接力，让更多的生命得以延续。没有人知道，这份无私的大爱会传承到什么时候，也许永远不会停止。因为凯亚的男友，也在器官管理中心郑重地签下了自己的名字。

爱 的 姿 势

风是有姿势的，弯腰的柳树、水面上的涟漪，在清风拂过的时候，它们便是风的姿势。阳光也应该是有姿势的吧，向阳花就是它明媚的形体语言。我在想，生命是有形状的，爱又应该是什么姿势？是拥抱？是亲吻？还是化蝶以后的翩翩飞舞？

一幅照片打动了网友：台湾一位 62 岁的老人，用一方花布兜住头发花白的妈妈，在医院候诊大厅等候就医。老人意识不太清楚，头靠在男子的手肘处，安详得像一个孩子。男子专注地看着妈妈，正轻轻拭去她嘴角流出的口液。时间在这一刻定格，我明白了，这便是爱的姿势。儿时的我们，也是这样被母亲用怀抱温暖着长大，只是长大以后，你还会这样抱妈妈吗？妈妈怀里年幼的儿子，儿子怀里老去的妈妈，这低头和弯腰，都是爱的姿势。

跟妻子散步，路过公园，看到这样一幕：一对年迈的老夫妻，妻子坐在轮椅上，神情痴呆，眼神迷茫但衣服整洁、干净，丈夫轻轻收拢她被风吹乱的头发，另一边的头发上，有一个发卡，我没有看错，那是一只飞舞的蝴蝶。刹那之间，我明白了爱情两个字。

回到乡下看望母亲，她做我爱吃的南瓜饼，看着我在那儿狼吞虎咽，母亲左手撑着脸颊，就那么望着我笑，笑得好开心，我就想把这个姿势永远记下来。

爱是有姿势的，这些平凡的镜头，天天在你我身边上演，只是，工作的忙碌成了冷淡的理由，生活的压力也成了疏远的借口，我们甚至忘记了什么是温暖。

老伴夕阳下的牵手，是风雨与共的姿势；朋友再见时的拥抱，是惺惺相惜、你我知己的姿势；儿女睡觉前的一个吻，是父母无限期待、永远祝福的姿势……爱有多少种，便有多少种姿势，无论站着、跪下、挺立、弯腰，有爱，便是温暖的姿势，永恒的姿势。

每一个母亲，都是冠军

她7岁开始参加体操训练，16岁就夺得世锦赛女子团体和自由体操金牌、跳马银牌，其独创动作直体后空翻两周加转360度获得了国际体联的命名，在巴塞罗那奥运会上她获得女团冠军，2002年的亚运会上，她一人独得2金2银，2003年她又在阿纳海姆体操世锦赛上获得金牌……她7次参加奥运会，3次参加亚运会，9次参加世锦赛，取得了19枚金牌、12枚银牌、12枚铜牌的骄人战绩，作为一个运动员，她的成绩是辉煌的。

江山易改，红颜易老，岁月无情，韵华不再，如今，皱纹也悄悄爬上她的眼角，皮肤不再像以前参加比赛时那样光彩照人，关节慢慢僵硬，身姿不再飘逸。体操是一个女运动员过了 20 岁就很难达到身体要求的运动项目，因此媒体戏称她为"体操奶奶"。

2011 年的体操欧锦赛上，她又出现在我们的眼前，笑容依旧灿烂，与那些在她辉煌时还没有出生的孩子站在同一条线上。望着眼前熟悉得如同自己身体一部分的木马，她想了想同样熟悉的动作，这是一个以她自己的名字命名的动作——前手翻直体前空翻转体 540 度。之后她深呼吸，起跑，起跳，腾空，旋转，"叭"的一声，身体落地生根。全场轰动，掌声四起，连不苟言笑的裁判都鼓起掌来。

她，就是世界体操界的神话——奥克萨娜·丘索维金娜。

她不仅仅是个运动员，还是个母亲，在人生的辉煌时刻，她急流勇退做了一个全职母亲，她以为这是一个女人最好的选择，谁料世事无常，天意弄人，她的孩子却患了白血病。并不富裕的她卖掉房子和汽车，但高昂的医疗费依然压得她喘不过气来，义无反顾地，她选择了复出，只因为"一枚世锦赛金牌等于 3000 欧元的奖金，这是我唯一的办法"。儿子，是一个母亲的一切。

她穿上战袍，一次又一次出征，不是为超越人类极限，不是为国家民族的荣誉，不是为运动的享受，只是为儿子，一个母亲，坚定地飞扬在赛场上。这样"高龄"的她，驰骋在体操赛场，重复着那些对她而言相当危险的动作，她知道，为了孩子，她不能病，不能伤，不能退，不能倒下。她一次又一次成功，以一个母亲的名义，爆发爱的力量，创造运动的神话。

每一次比赛，她都会报很多项目，不是为挑战自己，她很实在，只有多报几个项目，才有机会拿更多的奖牌，那么，就可以得到更多的奖金，她知道自己也许拿不了这么多个项目的奖牌，但她还是怀着侥幸全部报名参加。爱让她有了希望，有希望，才可能创造奇迹。

只有爱，唯有爱，才让我们看到了一个40多岁的体操运动员出现在比赛场上的奇迹！

每一个女人都有脆弱的时候，但每一个母亲却都是那样坚强，为爱，可创造奇迹，撼动天地。

世界上最深的海在哪里？在母亲的心里。每一个母亲对孩子的爱，都用尽全力，无所畏惧，无论生活中有多少磨难，母亲都是冠军！

母亲的榨菜

母亲从四川来云南，我到火车站去接她。她提了一大堆东西，到了家，清点行李："这是你爱吃的柏树灰包的皮蛋，这是你二姨做的红薯干，这是农闲时纳的千层底布鞋……"琳琅满目，全是老家农村的土货，没有一样是她自己的物品，都是给我的。有一个行李包里，装满了榨菜，不下20斤，那是我的至爱。

儿时的冬末春初，母亲从地里收割大量的芥菜头，洗净以后，切成小块，用一根长长的竹篾丝串起来，挂在院子里晒，脱水风干以后，再拌上盐装进竹制的器具里，用青石板压上几天去除水分，最后拌上特制的佐料，装进坛子里，一段时间以后就可以食用。这样的榨菜，母亲每年会做上好几大坛。

记得那时，榨菜几乎是家里一年中主要的下饭菜，特别是夏天气候炎热，胃口不好吃不下东西，母亲会早早熬了稀饭，打进盆子里放到水缸中制冷。待到开饭时，喝着凉快的粥，夹上几根脆生生的榨菜，6月天也不再那么可怕。上山干活累了饿了，回家也喝上一碗粥吃点榨菜，人就会精神很多。

母亲的榨菜很香。那时候每天放学回家，第一件事是跑到厨房里，掀开母亲的坛子，用手抓上些榨菜，迫不及待咀嚼了咽下去，满嘴的香味，肚子也不再喊叫反抗。这是我小学生涯每天最后一节课的牵挂，这也是我儿时最可口的零食。

我也曾讨厌过母亲的榨菜。那是上中学时，因离学校太远，每天中午在学校蒸饭吃，开始的时候同学都喜欢我的榨菜，大家围着抢榨菜的时候我特别骄傲，第二天早上母亲也会乐呵呵地多装一些。后来学校开始卖炒菜，家庭经济条件好的同学就会拿上钱打上一份菜，我却只能每天重复着吃榨菜。年少敏感的我心中觉得特别委屈，吃饭都只有偷偷地找个角落，回家跟母亲抱怨，母亲低下了头，但第二天还是会给我装上榨菜，只是不再言语没有笑容。在后来的一个早晨母亲给我装榨菜的时候，我冲着母亲大喊并摔了榨菜然后冲出家门，我至今记得当年母亲追着我时脸上的泪水。

出来工作后，才发现母亲的榨菜很香很香，打电话回家叫她多做一些寄过来，当成宝贝一样放在冰箱里，遇到好友聚会，装上一小碟，听着他们赞不绝口的评价，我比当年还骄傲。朋友临走的时候，装上一小包，装的过程中还会捡几根出来嚼，过段时间都会找我要，我却要他们拿书或者奇石等其他我中意的好东西来换。

无论我有多少岁，在母亲的心中，都是她长不大的儿子。她几十年不变地宠着我，惯着我的胃，无论我走到哪里，最喜欢的，永远是母亲的榨菜，那里面，有家的味道，有故乡的影子，还有母亲无穷无尽的爱。

航天员的母亲

2012 年 6 月 16 日，当火箭将载有三名航天员的神舟九号飞船准确送入初始轨道时，所有人都沉浸在巨大的喜悦之中，欢呼、祝福声此起彼伏。

就在人们开心的时候，有这样一个人，却不愿意看直播。

点火倒计时开始，一直盯着屏幕比画的她突然紧张起来，闭上了眼睛，一手握拳掩住鼻子，另一只颤抖的手紧紧抓住丈夫。神舟九号进入轨道，时间持续不到 10 分钟，她一会儿擦汗，一会儿又抑制不住情绪，眼泪扑簌簌地往下落；一会儿捂着眼睛，一会儿又紧张地看电视；一会儿将头探向前，一会儿又深深地埋在沙发里，情绪一度失控，差点晕了过去。

当客厅里掌声和欢呼声响起，她才流露出喜悦的神情，用力地拍手，然后，一步步挪回卧室，一边还在擦眼泪。

她，是神舟九号航天员刘洋的母亲。

无独有偶，同样的担忧，也出现在另一个航天员刘旺的母亲身上，而且表现得更为强烈。看到神舟九号的新闻，母亲打电话给刘旺："你入选了吗?"特别了解母亲的刘旺不知该怎么说，反问道："您希望您儿子入选吗?"母亲表示很担心他的安全。

这样的回答，说出了她的心声，是一个母亲心里最真实的想法。

母亲总是希望儿女在取得事业成功的同时，时刻记得"安全第一"。儿行千里母担忧，在母亲的心中，不论儿女取得多大的成绩，平安，才是母亲永远的祝福。

父亲老了像孩子

凌晨三点，母亲拨通我的电话，说是父亲肚子痛，我匆忙赶过去。父亲面色苍白，大汗淋漓，很是痛苦，送到医院，经初步检查，是肾结石。医生为父亲注射了止痛药，父亲的疼痛稍微缓解。母亲要我回家休息，明天再来陪床做详细的体检。父亲却不同意，执意要母亲回家，我留下陪着他，他抓着我的手不放，生怕我要离开，他的理由是如果有事我才能背得动他。

输液的时候，医生要求先做青霉素皮试，父亲却犯了倔，怎么也不同意，说他以前做过，没事。我知道，父亲这是怕痛，像个孩子一样，固执地拒绝一切让他伤痛的机会。我给他按摩腹部，他一会儿说我按左了一会儿又按太右，或者就是力太重或者没有力。疼痛让他犯了孩子气，很是烦躁，不断指责我怎么做也不符合他的心意，像极了我小时候生病时夸张病情怎么都不舒服的无理取闹。

刹那间才发现，父亲原来真的老了，那个我心中无所不能的身躯已开始驼背，他不再强势也不再睿智。不知什么时候起，我有困难不再第一个想到他，有大事也不会与他商量，看着那一头的白发和满脸的皱纹，我心中一阵酸楚。

一晚未眠，父亲的疼痛没断，一会儿要喝水，一会儿要上卫生间。第二天，排队挂号做彩超，护士不允许我进体检室。隔着走廊的玻璃门，我看到父亲右手捂着肚子，三步一回头，步履蹒跚，眼里写满无助，我的泪水不争气地就流了下来。

　　不经意间，我成了父亲的主心骨。前段时间，家里的墙上需要钉一根钉子，母亲扶着凳子，父亲死活不去钉，打电话要我去，因工作忙碌我几天没有去，父亲三番两次打来电话催促，言语间对我很是不满。抽空回去，父亲使起了小性子，黑着脸不跟我讲话，解释过后才发现，那钉子的位置离地还不到两米。

　　更多的时候，我不能陪伴他们，父亲就挑了事跟母亲发脾气，他知道母亲一定会给我打电话，他这是想要我多陪他、多关注他。父亲也会撒谎说他生病难受，每次着急赶去就会看到父亲笑得咧嘴的脸，那是恶作剧得逞的胜利。最开始我责怪他无聊，很生气，仔细想想又是心酸。有时候陪他下棋，趁我接电话不注意他就耍赖多走一步或是移动我的棋，高兴得像个孩子的表情让我只有装作不知道，所以，一下棋他都会赢，完了还教训我水平差没进步。吃饭的时候，他喜欢不断给我倒酒，然后特别喜欢听我讲单位的事，神情之间很专注。母亲让他多吃蔬菜，他挑三拣四，只是换我给他夹到碗里，他嘴上尽管还嘟哝着，但一定会吃完，怎么看都像是在撒娇。

　　父亲老了，老得像一个孩子，他不再是那个说一不二的男人，他开始耍性子发脾气，像儿时的我迷恋他一样依赖我，却从来不要求我为他带来什么物质享受，只要我有时间陪着他。

在他老去的这个年月，我要做父亲的父亲，像他对我一样去疼他宠他哄着他，让他开心，不寂寞。

我欠奶奶一只鸡

母亲早产生下体弱多病的我，只有两斤的重量让家人无法相信我能够存活，多方治疗让原本贫穷的家更是负债累累，我的病却不见任何起色。母亲不得已趁奶奶不在家把我扔了，奶奶回来后又把我找了回来，从此，奶奶不跟母亲说话，也不再允许母亲碰我，我便跟着奶奶生活。

记忆里自打记事便是跟着奶奶睡，一直到整个小学，每个夜晚吮吸着奶奶干瘪的乳房才能入睡，普通孩子两岁就断了奶，我却一直吃到小学六年级，那种没有乳汁的乳香，是我童年的不可湮灭的记忆。睡觉的时候，我只肯像小猫一样蜷缩在奶奶的臂弯里。一切都只要奶奶做，六岁那年有天奶奶不在家，母亲给我洗脸让我上学，我死活不让洗，在强行洗完之后，我在地上抓了泥土抹在脸上再去上学。

我跟着奶奶睡，跟着奶奶吃。那时经济很困难，全家一年也只有为数不多的米，每天都是煮一大锅的青菜，放一小把米。奶奶会在水烧开的时候，放一个小碗在锅中间，锅里半熟的米就会跳到碗里面，那是我的饭，其余的青菜，才是她的食物，就是这"跳跳米"，养活了我。卖了粮食有些许钱，奶奶就会从街上买些最便宜的猪心肺，回家煮了，捞起来放柜子里，每顿切上一小点热给我吃，完全无视大伯家的三个哥哥渴望的眼神，尽管那也是她的亲孙子。

在奶奶每次问我长大后要怎么对待她的时候，我就说等我长大了，买一只大大的红冠子公鸡给奶奶一个人吃，并强调自己闻都不闻一下。每当这个时刻，奶奶就特别高兴，然后笑呵呵地把我搂在怀里，并念念有词"菩萨保佑我强儿"。

我慢慢在长大，奶奶却逐渐变老，她的右手臂后来已无法伸直，可她却由着我10年里睡在她瘦弱变形的手臂上，在寒冷的冬天还会把我的脚丫放到她的怀里。尽管奶奶走路都要依靠拐杖，但她每天都会送我上学接我放学，那时整个村小学，只有我在六年级的时候还要家人接送，全因我读完小学还只有一米高。奶奶不允许我爬树、游泳、骑车，一切有潜在危险的事，奶奶都会制止我去做。这时的奶奶很严厉，用树枝狠狠地抽打我的屁股，我大哭着说奶奶不要我了，奶奶也流泪。

　　奶奶离开的时候我在上学，我从学校跑回家，跪在她面前，奶奶说不出话来，就那样看着我，流着泪。奶奶闭上了眼睛，我没有哭，不吃不喝，就那么看着奶奶，觉得奶奶只是休息一下，她会醒来抱我，但奶奶却没有醒过来。直到入土的时刻，我才反应过来，奶奶真的走了，永远不会回来了，我歇斯底里地撕打那些抬棺的乡亲，不准他们抢走我的奶奶，我还要挣钱给她买鸡吃，红冠大公鸡，我闻都不去闻。

方便面里的爱情

　　火车一路颠簸，现在是淡季，车厢里的乘客三三两两，空气里还是充斥着难闻的味道。已至黄昏，我睡不着，无精打采背靠座椅，胡乱翻阅着杂志。

　　车到了一个小站停下来，人行道里，上来一对夫妻，看上去50多岁。男人头发凌乱，一定是好久没有清洗，长长的胡须让暗黑的脸更显沧桑，他穿着一件灰色的衣服，口袋的边沿已经掉线，肩上挎着一个有洞的帆布包，胶鞋上面也尽是灰尘，右手拎着一个蛇皮袋，左手牵着他的妻子慢慢前行。女人的头发里，夹杂着些许银线，光滑顺溜，绿色的衣服上，扣子扣得整整齐齐，走近了，才看清楚，女人是个盲人。

男人把包放在地上，轻轻扶着女人，到走道左边的窗口边指引她坐了下来。男人踮着脚往行李架上放包，火车这时突然动了，可能没有准备，惯性一下子把他推向女人。她用手拉住他，脸上露出一副责备的笑容。

车继续行驶。一个小时左右，男人从挎包里拿出两个塑料碗，放到桌上，又慢吞吞拿出一包方便面来，双手抬到碗的上方，小心翼翼把包装袋撕了一半，取出调料包，然后特别缓慢地撕开了包装袋，把面放到碗里后，又仔细把袋子里的碎面倒了出来，对着女人说，你坐着别动，我去打开水。女人也不说话，微微地笑，微微地点头。

一会儿，男人从开水处走回来，端着两个碗，我有些奇怪，刚才，明明只拆了一包泡面啊？

我没有看错，他放到桌上的，一个碗里有泡面，另一个碗里，是白开水。

男人打开调料包，一点点用力地把调料挤到面碗里，接着把没有完全挤干净的调料包放了进去，用筷子在里面搅拌，最后盖上方便面的包装袋。

面泡好了，男人端起碗，尽量挨到女人的身边，说，吃面了。女人张开嘴，男人夹了些面，递了过去，然后看着女人细嚼慢咽，等着女人吃完，又送上第二口。女人刚吞下，男人马上递过去，刚到嘴边，女人却闭上嘴，摇了摇头，轻轻地说，你也吃。

我不饿呢，男人说。

大半天了，怎么不饿，你也吃。

好呢，我也吃。男人说完，从碗里仔细挑出一根面来，放到自己的嘴里，装出一副满足的样子，大声地咀嚼着。女人侧了侧身子，听到声音，又笑了。

男人夹起面喂女人，然后又挑一根面，放到自己嘴里，不停地重复着这些动作。

面很快就见了底，男人在碗里仔细寻觅着，一小节也挑出来喂女人，接着站了起来，把碗端到女人的嘴边，抬手，女人就喝到了汤。喝到一小半，女人停下来，用手轻轻擦拭了嘴，说，你也喝。

男人把碗放到桌上，端起刚才那碗白开水，轻轻倒在了面碗里，边倒，边看女人的表情，然后迅速抬起来放到嘴边，仰头，大口大口地喝着白开水勾兑的方便面面汤。

男人喝得很贪婪，很香，一些乘客看他，他完全不理会，旁若无人。

女人在边上，一脸的娇羞，说，真香呢。

我在这边看着，泪水不经意就落下来。是啊，这面真香呢，整节车厢，空气里都飘着方便面的香味。

也许爱情，就像这方便面吧，很容易地，心就沸腾了，很容易地，日子就香了，很容易地，天下的花都瞬间开放了。

悬浮的花盆

打开门，杰森把行李放下，换了鞋子，脱下外衣，又把窗帘拉开。出差一个星期了，终于完成一个主题公园的设计，可以好好休息几天，他来到阳台，眼前的场景却让他快要疯了。

杰森的女友在德国一个植物研究所工作，有一次在雪域考察，从冰层下10多米的地方，发现了一些植物的种子，带回研究所。大家也无法判断这是什么，但能分析出大概是3万年前的一种植物。经过一年多的培育，种子居然成功发芽，像小草一样，叶片很小，绒绒的。当半年后小草开出紫色的小花时，研究所里的全部人员都兴奋得跳起来，不仅仅是为发现一种新的物种，更重要的是，尽管这种植物不知名也不起眼，但开出来的花，却是令人欢喜的形状——像是代表爱情的心形花瓣，一朵一朵的，像极了捆在一起的玫瑰。研究人员一致决定给这种植物取名为

"爱情草"。

为了奖励大家，研究所把爱情草的种子给每个人分发了一颗。杰森的女友在休假的时候，把这颗种子带到了美国送给了杰森，并亲自种在了花盆里，希望他们的爱情同样能够生根发芽，然后结出美丽的果实。

杰森很爱女友，对爱情草也视若珍宝，小心地呵护着。出差的时候，他专门交代保洁员，要照顾好爱情草，没有想到，等待他的，却是保洁员忘记浇水导致爱情草枯萎的结果。

这让杰森痛不欲生，象征爱情的花死去了，他不知道该怎样向女友交代。

好在最后，女友原谅了他，但杰森却一直耿耿于怀。

有一天，他在办公室做设计的时候，又想起爱情草，他决定要做点什么，思索半天，他突然想到：为什么不设计一个可以提醒大家给花草浇水的花盆呢？经过调查，市场上也有自动加水器，但一则需要连接水管，二则浇水不好控制，机械化浇水，可不管今天下雨还是晴天。

最后，他利用自己的设计优势，创造了一个悬浮的花盆，巧妙地利用了浮力原理，通过花盆的升降变化提醒人们及时为植物浇水。这只花盆由内外两层容器组成，里层的容器用于装土和植物，外层的容器则用来装水。随着水被注入花盆，装有植物的容器就会在浮力的作用下慢慢升起；而当水逐渐减少时，里层的容器则会沉到外层容器的底部，以此提醒人们为植物浇水。

从此，人们再也不用担心忘记浇水了，杰森的发明受到了大家的欢迎。女友也再次给他寄来一颗爱情草的种子，杰森把悬浮花盆利用上，相信有了关于爱的创意，他们的爱情，定能落地开花。

八岁男孩哈希姆的伊拉克

一

这是在伊拉克，因为战争，曾经观者如云的摄影比赛不得不一度中止。2012 年，在硝烟尚未散去的时候，爱好和平的伊拉克人重新举办了比赛，来自世界各国的摄影爱好者纷纷报名参加，大赛的主题是"你的伊拉克"，提示参赛者以此为标准上报照片。

成千上万张照片悬挂在一个临时搭建的广场上，场地虽然简陋，却掩盖不了人们的热情，所有人都仔细地欣赏着每一张照片：

荷枪实弹的美国大兵高度紧张，警惕地关注着四周，背景是一群行走的妇女，神情显得愈发地紧张；

残酷的战争像一台机器，收割着人的生命，一张照片上，左边是平民，右边是军人，空旷的大地上，没有任何生命，只有两排尸体，让人窒息；

轰炸过后的城市千疮百孔，满目疮痍，远角镜头中，看不到完整的居所，格外苍凉，令人倍加绝望；

一个伊拉克老妈妈，跪在地上号啕大哭，边上是她的三个儿子，都在战争中失去了生命；

有一个小女孩，眼睛很美，她半蹲着，怀里抱着一只小绵羊，让人伤心的是，战争不仅仅涉及人类，在她清澈的脸庞上，有泪珠滑落……

死亡、伤痛、泪水、绝望……是的，这就是伊拉克，战火弥漫的伊拉克，一张张照片，真实记录了残酷的战争，满眼望去，形成一面伤心的墙。

人们都在低声哭泣，回忆着过往的伤痛，现场的氛围，十分地凄凉。

二

可是，就在这些伤感的照片当中，有这么一组照片，格外醒目。

原因无他，只因在这组照片中，你看到的，是一个平常的伊拉克：

一名老人正蹲在堆满书的书店中翻阅，平静而缓慢；

母亲带着孩子在"人力摩天轮"上嬉戏，翻转中抢拍到的画面，是两人的笑脸；

近景，穆太奈比大街上的咖啡馆里摆放着一杯诱人的饮料，远处，人们坐在桌旁谈天，像极了某个度假胜地的下午茶；

其乐融融的一家人在露天市场上饶有兴致地闲逛，父亲拿着杂志，母亲手里提着菜篮，孩子的小手拉着母亲的衣角，嘴边，冰激凌正在融化；

太阳从一棵棕榈树后面升起，给树笼罩上一层光晕，多么美好的早晨；

还有景色宜人的瀑布、如血的残阳、底格里斯河美丽的河水、鸟和老房子……

镜头里没有士兵、鲜血、断壁残垣，代之以安详的老人、宁静的街道……简单得不值一提，普通得没有任何吸引力，都是些小事情、小画面，却道出一个不同的伊拉克，一个阳光的、健康的伊拉克。

比赛最终揭晓，获得冠军的，正是这组照片。

三

八岁的哈希姆是个普通的伊拉克男孩，有着当地人典型的棕黄色皮肤，稚嫩的脸上架着一副金边眼镜。这个小家伙的特殊之处，在于他的脖子上总是挂着个大相机，而且随时会将手中的镜头对准街边一处寻常景象，清脆地按下快门，认真的神情中流露出些许少年老成的味道。

2003 年战争爆发的时候，他还没有出生，当他来到这个世界的时候，入目便是硝烟弥漫的战场。父母抱着他整天四处躲藏，逃避炸弹，寻找食物。

四岁的时候，调皮的哈希姆趴在窗前向外张望，突然，他发现不远处有一群正在行进中的士兵，就好奇地指给父亲看。父亲加兹拉开玩笑地说："你把这个场景用相机拍下来吧。"随即，他递给儿子一台相机，并教他如何安装胶卷。就这样，在父亲手把手的指导下，哈希姆开始透过窗户拍摄巴格达的街景和从街上走过的人们。

此后，哈希姆每天会花上几个小时拍照，乐此不疲。他还特别好学，经常问父亲一些摄影方面的知识，比如要拍摄好照片该如何寻找最合适的位置，等等。

只是，他那么与众不同，当别的摄影爱好者在追逐生命、战争、灾难这些宏大的主题时，哈希姆却只爱关注身边的小事情。隔壁的邻居、偶尔开过的汽车、飞舞的蜜蜂……这些微不足道的画面，都进入了他的镜头。

最终，哈希姆用一双清澈、童真的眼睛，发现了战争以外伊拉克人的生活，用温馨平凡的画面表达了伊拉克人努力生活的不屈精神。评委会给他的颁奖词这样说：我们应该关注的，远不止是战争和受伤的伊拉克，因为有哈希姆，我们才不会在回忆中一直哭泣，在他稚嫩的镜头下，平凡的日子，温暖了整个巴格达。

银戒指换教学楼的童话

你应该听过这个故事：加拿大小伙麦克唐纳在美国以一枚红色大曲别针，换到了一支鱼尾形圆珠笔，然后交换到一件饰品……通过价值递增式的 16 次交换，最终他换取了一幢别墅的一年使用权，不仅完成了自己的梦想，而且还与兰登书屋公司签订了出书协议，并把电影版权卖给了好莱坞梦工厂，这就是在网络上流传甚广的"别针换别墅"计划。

这段近乎传奇的经历，让人们一直津津乐道，如今，这样的童话也在中国上演了。

杨艾菁是贵州民族大学的大三学生。2011 年冬天，她得知自己常去的一家咖啡馆在举行"以物易物"的活动，便带着一对价值 200 元的纯银戒指前去参与。这对戒指是她前一段爱情的"遗物"，留之无用，弃之可惜。至于要换什么，她当时没有仔细考虑，最后，她希望用这对戒指换一个感人的故事。

一个多月后的圣诞夜，杨艾菁在咖啡馆等到了她期待已久的"交换品"。一个男子将自己的故事告诉了她，故事讲述了男子多年以来帮助失学儿童的事情，杨艾菁深受感动，准备给出戒指，却被对方婉拒。男子说："我希望它们能变得更有意义。我不需要这对戒指，但是你可以用它们做更多的事，比如为那些贫困大山里的孩子做些事情。"

这个建议让杨艾菁很惊讶，她一方面觉得不现实，同时又被深深吸引。一种莫名的力量一直牵引着她，作为一个学生，她虽然没有更大的力量来做慈善，但每个人都应该去帮助别人啊，受此启发，她决定拿银戒指做点什么。

一整个寒假，她都在想那个提议。换点什么好呢？一个爱心包裹，还是免费的午餐？抑或是一学期的费用？当她看到电视报道，山区的一些孩子没有可以遮风挡雨的教室，没有像样的黑板，没有结实的桌椅的时候，瞬间明白了交换的目标。自己在城市里，每天不愁吃穿，还可以去咖啡店喝咖啡，去电影院看电影，山区的孩子却在危房里坚持学习，对比之下，更加坚定了杨艾菁的信念。她想好了，要拿手中这对价值 200 元的戒指，给孩子们换一幢教学楼。

是的，这确实是一个大胆的想法，包括杨艾菁自己在内，许多人都说这是一个童话。这对戒指，仅价值 200 元，如何能换到一幢教学楼，又需要多久的时间？"也许一年？也许一辈子？不管要换多久，我都要走下去。"她如此考虑。

也许不会成功，也许时日漫长，但她坚信：在这个世界上，有爱心的人，有很多。

2012 年 2 月 1 日，杨艾菁把"戒指换山区教学楼"的想法发到了微博上，然后在不安中，等待着结果。

没有人想到，这个看似天方夜谭般的梦想，在刹那间感动了无数网友，他们给杨艾菁发来私信，希望交换物品：邮票、项链、摆设、玩偶、丝巾、服装……他们中的一些人甚至表示，只要杨艾菁看得上，换或者送都可以。

2 月 5 日，杨艾菁等来了第一轮交换品——一块和田玉，这是乌鲁木齐网友刘堂堂的收藏品。看到微博，他决定去交换那对银戒指，因为有爱，他要拿来当作求婚的戒指。

上海 17 岁女孩赵艺宁有一枚钻戒，是姐姐买来送给自己，作为未来的婚戒的，钻戒购买价格为 11571 元。在电视上看到"戒指换山区教学楼"的新闻后，她和姐姐商量，打算以那枚钻戒交换和田玉，为山区的孩子献爱心，姐姐对此表示支持。2月15日，以爱的名义，她完成了交换。

"戒指换山区教学楼"还得到了一些明星的参与和支持。微博发布当晚，贵州籍演员周显欣就在转发时表示愿意赠予一枚戒指。杨艾菁把周显欣的钻戒和从上海女孩赵艺宁处换得的钻戒合成一对，共同组成第三次的交换品。

交换还在继续，杨艾菁却有些担心，她不知道，需要多久的时间，才能换回来一幢教学楼，给孩子们提供一个安全的学习场所。在所有人的关注中，2月20日晚上，杨艾菁收到一位匿名网友微博私信，提出愿意出资20万元，交换价值近3万元的两枚钻戒，至此，童话变成了现实。当所有人都在关注这位捐赠者姓名的时候，对方却在微博上留言：我只是个普通人。

一番调查后，学校选址定在贵州省纳雍县昆寨乡。因为金额不够，杨艾菁与捐款网友再次沟通，对方愿意将捐款金额提高到30万元，学校取名为"梦想学校"。

一对价值200元的戒指，最后换来一所学校，这样的奇迹，却真实发生在我们身边，因为爱心，因为善良，才让梦想变成了现实。麦克唐纳用了两年时间，完成了梦想，杨艾菁却只用了20天，交换不过三次，就实现了自己的目标，只是因为，这一次，为的是孩子。

两毛钱的慈善

他只是一名普通的送水工，工作辛苦、收入微薄。从2008年开始，这个28岁的小伙子始终坚持每送一桶水就向当地慈善总会捐赠两毛钱，三年来，他肩扛背驮送出了1.2万桶水，向慈善机构捐赠了用汗水凝聚而成的2400元善款。尽管金额不大，但他微薄的"草根慈善"却因为"小钱大爱"的善举感动了无数人。

他叫茹向辉，是临汾市尧都区屯里镇东高河村人，出生在一个普通的农民家庭。很小的时候，父亲就因病失去了劳动能力，家境困苦，全靠母亲卖豆腐维系生活，长年累月的医药费更加重了家里的负担。危难之中，乡亲们向他们伸出了援助之手。每次母亲外出卖豆腐，四邻八舍就成了茹向辉姐弟俩的免费饭庄。生活的艰辛和乡亲们的热心肠成了茹向辉善举的"启蒙老师"，感恩的意识从那时开始就一直深深地印在他的记忆中，一点一滴滋润着茹向辉幼小的心灵。

感恩的种子由此生长起来，从此之后，只要碰到需要帮助的人，茹向辉总会尽己所能伸出援助之手。从八九岁开始，懂事的茹向辉就帮母亲分担家务，跟着学习做豆腐。有一年冬天，母亲按惯例早早出门卖豆腐了，留下两块豆腐，当作他跟姐姐的食物。傍晚的时候，一个老年乞讨者上门乞讨食物，茹向辉把煮好的豆腐全部给了乞讨者。当母亲深夜回家的时候，饭桌上，放着没吃完的豆渣。

初中毕业那年，看着母亲被生活重担日渐压弯的脊背，茹向辉毅然退学，与母亲一起撑起日渐贫困的家。生活如此艰难，但他仍然坚持做好事，2003年，尧都区政府号召大家向山区儿童捐款，茹向辉毫不犹豫地拿出300元"私房钱"，捐给和他一样贫困的孩子。这300块钱，可是他半年来卖豆渣的积蓄。

靠着母子的辛劳，家里的生活渐渐有了转机，日子好过了，孝顺的茹向辉不想让母亲那么操劳，便停掉家里做了近20年的豆腐营生，只身一人来到当地河底乡当了一名洗煤工人。在洗煤厂他每天要工作12个小时以上，日子虽然过得紧，但遇到需要帮助的人，他仍然竭尽全力伸出援助之手。有一个工友，亲人患肺癌，工会组织员工捐款，一些工友捐了5块10块，最后，他捐了200元。厂里贴的红榜公布出来，大家才知道他是全厂几百人里捐的最多的一个。他回到宿舍，工友好心劝导他：咱挣这个钱挺辛苦，有个意思就行了，你还捐那么多。善良的茹向辉却觉得挺高兴。

2008 年 11 月，有了一些社会经验的茹向辉，在临汾市尧都区解放东路租了间门面开始送水。为了节约开支，跑销售、送货上门、签单要账都是他一个人。靠着腿勤、手勤、嘴勤的服务，经过半年的不懈努力，生意逐渐走上了正轨，要他送水的人越来越多。一个偶然的机会，他参加了当地慈善总会组织的一次爱心活动，现场需要救助的贫困学生深深打动了他，让他想起了幼时的贫困以及左邻右舍给予他和家人的关心与帮助，自己虽然能力有限，收入不多，但能捐一点是一点……几天后，茹向辉以个人名义和临汾市尧都区慈善总会签订捐款协议：每卖一桶水，向慈善总会捐两毛钱。

茹向辉准备了一个笔记本，每次进多少水、送多少水都会一一统计，这样到月底该捐多少钱他心里就有数。按照捐款协议的约定，2009 年 8 月 6 号，茹向辉向尧都区慈善总会捐款 130 元，以后的捐款有 200 元、300 元、400 元不等。到 2011 年 10 月 21 日，他又捐款 500 元，三年多来，累计捐款 2400 元。然而，他的生活却依旧简朴：住着月租金 80 元的小平房，一日三餐经常靠方便面解决，由于冬天没有暖气，房间的温度非常低，他仅仅靠一个小小的电暖气取暖。送水的工作服，他也穿了三年，肩膀上，是一层叠一层的补丁。

　　和许多几万、数十万，甚至上百万的捐款相比，两毛钱是一个小数字，但对于茹向辉来说，却占到了每桶水利润的十分之一。2400 元，足以支付两年房租，或者增添一些衣服，但他却选择了做慈善。尧都区慈善总会工作人员说，茹向辉来捐钱时，总说这是一点小心意、小意思，但他三年坚持下来，小情便是大爱。

　　在我们传统的观念中，做慈善总是富人的事情，因为他们的钱"花不完"，有能力和责任来做慈善；一些人还喜欢用"能力越大，责任越大"来评价行善，顺便安慰自己。其实，行善无所谓责任大小，不能说社会地位低、收入少，就没有这个责任，每个人都应该在自己的能力范围之内去承担社会责任。我们确实需要名人明星、大款富豪们的慈善"大手笔"，但也同样需要茹向辉这样的慈善"小暖流"。只有当这样的慈善"小暖流"越来越多，才能汇聚成爱心的洪流，推动慈善事业向前发展。

　　突遇风雨，一把小伞撑起一片晴空；偶陷无助，一句问候送去一股暖流。因你举手之劳，环境变得美丽，你给弱者一弯臂膀，两人共同变得坚强……小小的善，其实很简单，琐碎而又寻常，世俗而又平凡，仅仅是付出那么一点点，却由涓涓细流汇成大海。曾经荣获诺贝尔和平奖的特蕾莎修女说过：我们常常无法做伟大的事，但我们可以用伟大的爱去做些小事。小善，也是大爱。

爱能走遍全世界

一个86岁的老人，癌症晚期，几乎无法行走，生活都需要护理，他的身影，却走遍四方：

四川峨眉山，金顶之上，晨曦映照在老人的身影上，光芒万丈；

海拔5000米的西藏东达山，老人爬上这么高的山顶，依然精神抖擞；

雅鲁藏布江大峡谷里，我们看到，老人玩起了漂流；

河北承德避暑山庄，曾是皇帝的行宫，老人也在这里驻足，劳累一生，是该休息享受了；

一群美女也来凑热闹，这是在云南丽江的四方街，老人还是那般云淡风轻，背景里的女孩子，可是乐开了花；

始建于东汉的陕西法门寺，是佛教圣地，老人的脸上，多了些许禅意；

西藏、内蒙古、广东、湖南、吉林……中国23个省、4个直辖市、5个自治区、2个特别行政区，那些出名的景点中，都留下老人的身影。

不仅仅是在中国，老人还有无数在国外的留影：

巴厘岛的海滩，有着全世界最清澈的海水，是的，一如老人的眼神；

夏威夷的热带风情，还是没能感染他，也许是身段的原因吧，老人的穿着，还是那么正规；

柏林墙对于他来说，也许不仅仅是旅游景点这么简单，他们那一代人，有更多的记忆；

泰晤士河畔，两个警察，拥抱着老人；

非洲大草原上，空旷的大地，一望无际的草原，老人的身影，却不寂寞；

战火还在弥漫的利比亚，一对衣着略显破烂的老夫妻，与老人一起，站在一片废墟前，笑容满面；

南极，全球最冷的地方，老人的笑容，很温暖；

斯里兰卡、美国阿拉斯加、津巴布韦、意大利罗马……七大洲、四大洋，老人走了个遍。

一个两鬓染霜的老人，身患重病，垂暮残烛之躯，如何周游了世界？

完成这一切时，他一直躺在北京一家医院的病床上，嘴唇和嗓子都已经溃烂，几乎不能说话。

2012 年 5 月 11 日凌晨，北京姑娘凌一凡在网络上发表了一条微博：我有件事请求各位，外公重病，医生说时日无多。他最大的愿望是旅行，现在也来不及了。我给他画了这张肖像画，希望你能够把它打印出来或者放在电脑屏幕上，拿着它，在你所在地方合影，弥补他人生最后的遗憾……

原来，在春节的时候，她的外公被确诊为癌症晚期，从小跟着外公长大的凌一凡很伤心。外公说，自己还没活够，还有遗憾。外公一直向往外面的世界，但是，没有机会再出远门了。凌一凡听后，突发奇想，为外公画了一幅肖像画，发到微博上，请网友带着外公的画像在世界各地留影。

这条微博在网络上引发热议，网友都很感动，大家互相帮忙，在各自的城市，找到美丽的景点，拿着外公的画像拍照，也有无数的网友，把微博四处转发。微博发出去的第一天，至少4000名网友传回照片，两天后，已有将近9万名网友转发，更收到照片上万张，具体的数字，凌一凡来不及统计了。

除了那些出名的景点，还有一些照片，也格外温馨：

只有几岁的孩子拿着外公的画像，在自家的阳台上留影，并留言说："爷爷，这不是什么名胜古迹，但是是我最爱的地方，因为这里最温馨。"

有汶川的网友发来照片，告诉外公四年时间里，遭逢地震的映秀已经恢复山清水秀的景象："外公，一切痛苦都会过去，明天会更好！祝您早日康复！加油！"

还有外公在昨天的 NBA 赛场的照片，网友问："外公，不知道您喜欢篮球不？湖人队还是赢啦！"

更多一些网友，一手拿着外公的画像，一手拿着写满祝福的话语，把最真挚的祝福，送给外公。一位网友说："我的外公，在 1994 年离开了我！他是我的一生中最重要的男人。这是一张我在南极半岛拍的照片，把我如图中冰山般纯净的祝福送给你的外公。"凌一凡的外公，让他想起了自己的外公。网友纷纷送上祝福，祈祷外公安康。

照片打印出来，凌一凡送到外公的病房。看着一张张有自己画像和各地风景的照片，老人很高兴。凌一凡告诉外公，每张照片来自哪里，老人用含混不清的上海话，说了好几遍"谢谢"，脸上，还是照片里同样的微笑。

本　性

一位老人在河边散步的时候，发现一只螳螂掉在了水里。螳螂一个劲地挣扎，想要游到岸边，无奈水流过于汹涌，螳螂刚接近岸边又被浪涛打了回去。老人想用手把它捞上来，不料却被螳螂钳了一下。

老人疼痛难忍，不得不甩掉手上的螳螂，于是螳螂又掉入水里，继续挣扎……

老人又一次想救它，但是又被钳了一下。

旁边的路人不解地问道："您救它，它却反钳您一下，为什么您还要救呢?"

老人淡淡地答道："钳人是它的本性，乐于助人是我的本性。"

老人在河边找到一根树枝，又将螳螂捞了上来。

每一个生命都有自己的本性。即使别人对你造成了伤害，也不要改变你自己善良的本性。

第三辑

谦逊是一种素养

在日常生活中，我们判断一个人，更多的是根据他的品格而不是根据他的知识，更多的是根据他的心地而不是根据他的智力，更多的是根据他的自制力、耐心和纪律性而不是根据他的禀赋。

谦逊是一种素养

生活中，有一些人在面对荣誉或者成绩时，骄傲自满、信口开河，或是夸大成绩、得意扬扬、坦然受之、舍我其谁的样子，让大家十分反感。在别人称赞自己时，如何坦然面对成绩，谦虚表达自己的态度？且看一些明星是如何应对的。

在"2011影响世界华人盛典"颁奖礼上，导演冯小刚为葛优颁奖，主持人问冯小刚："作为老搭档，为什么冯导两部大片《集结号》和《唐山大地震》都没有葛优什么事儿？"冯导没有直接回答，而是反问："在我心中，葛优就是东方的卓别林，你说怎么能让卓别林去演这样的两部片子呢？"并且幽默地点评葛优："在做人上平易近人，在艺术上高不可攀。"面对冯小刚导演的赞扬，葛优一上台就连忙谦虚地表示："主持人和冯导说的这些话我一句也受不起，身高上我比卓别林高，但艺术造诣、个人修养等其他所有方面，我在他面前都是个侏儒。"紧接着，现场媒体问葛优："如果不当演员，你会做什么？"葛优的回答既幽默又不失谦逊："不当演员，我什么也干不了！"

葛优作为观众喜爱的演员，面对冯小刚把他比作"东方的卓别林"的赞美之词，没有骄傲自满，先是直接表示自己"受不起"，并巧妙利用身高，谦虚地表示自己只有这一方面比卓别林高，然后自嘲在其他方面跟卓别林相比是个"侏儒"。当记者问他不做演员的职业选择时，葛优更是故意"贬低"自己"什么也干不了"，回答既谦虚又幽默，因而赢得大家的一片喝彩声。

香港演员周星驰，被人称为"喜剧之王"，是"无厘头"电影开创者，在华人世界具有极大影响力和知名度，因为他对香港电影的巨大贡献，人们习惯于尊称他为"星爷"。面对大家对他在电影领域取得的成绩的肯定，周星驰在接受媒体采访时说："我还年轻，不能称作'爷'，以前大家叫我'星仔'，现在年纪大了一点，最多可以叫我'星哥'，'星叔'都不够，更不用说'星爷'了。这个叫法是怎么来的呢？有一个小故事：有一次我上街买橘子，路上不小心袋子破损，水果滚了一地，我正蹲下来捡，恰巧一群小朋友放学路过，一边帮我拾水果，一边说'老爷爷，我们来帮你'，可能'星爷'这个称呼就是从这里流传出来的。大家叫我'星爷'，应该是看我头发白了，像老人家的银发吧。"

当大家肯定周星驰的贡献，尊称他为"星爷"的时候，周星驰先是用过去的昵称"星仔"作为铺垫，解释自己"年龄稍大"，可以由"星仔"升级为"星哥"，谦虚中饱含了对过去的怀念，间接表示了对大家支持他的感谢，接着说自己还不够"星叔"的称谓，一步一步进行合理的推断，最后，用一个故事，形象生动地阐述大家叫他"星爷"的由来，并幽默表示大家叫他"星爷"不是因为他的成绩，而是因为头发白像老年人的缘故。一番表述，言辞恳切，合情合理，没有一点矫揉造作，愈发让观众喜爱。

2011年11月25日，在2011年女子国际象棋世界冠军比赛中，17岁的中国棋手侯逸凡成功卫冕世界冠军头衔，她是第二位蝉联世界"棋后"称号的中国棋手，也是国际棋联审核并授予的"国际象棋特级大师"称号中年龄最小的棋手。人们赞美她为棋而生，在赢得比赛后，媒体采访她，称她是"高手"，面对荣誉，侯逸凡非常平静，谦虚地说："我现在17岁，身高165厘米，以后长多高不知道，现在肯定不算高，四肢健全，手有两只，这是大家都看得见的，距离高手还有很遥远的差距，我还要努力。"

侯逸凡的谦虚，非常有趣，她故意曲解"高手"这个词，把大家肯定她棋艺水平上的"高"错位理解为身高的"高"，用身高"165厘米"来证明自己不算高，采取答非所问的办法，表明自己还不够优秀，并说自己因为"距离高手还有差距"，所以要更努力。她这样表达，不仅显示了自己的低调，而且幽默风趣，形象生动，让人印象非常深刻。

在香港乃至内地演艺界，刘德华是公认的"劳模"，他的勤奋与敬业在娱乐圈无可匹敌，无论演员还是观众，都认为他是"劳模"。2011 年 9 月，刘德华在 50 岁生日的时候，是这么回答大家对他的称呼的："劳模是民族的榜样，国家的栋梁，社会的精英，人民的楷模，无论其中任何一条，我都远远不够标准，电影受大家表扬，是我做演员的时候导演好，我做监制的时候演员优秀，我当导演了又是发行渠道的功劳，唱歌也一样，碟片大卖的，是 MTV（音乐电视）拍得漂亮，或者女主角美丽，一般都跟我没什么关系。"

刘德华表达谦虚，巧在抬高别人，放低自己，先是用"榜样、栋梁、精英、楷模"四个名词对劳模做了解释，继而表示"无论任何一条"，自己都不够标准，然后把成绩归结于别人，用几个例子，佐证自己是运气好，这样的话语，新奇有趣，幽默谦让，让人更加尊重他的胸怀。

女公爵低头

一位着装富贵的夫人来到法国巴黎的一家理发店："请你们最好的理发师为我的头发做一下护理。"

"好的夫人，您的头发真漂亮，对了，请您低下头，我需要护理最上边的头发。"

"什么，你要我低头？"

"是的，夫人，只有低下头，才能更好为您服务。"

"你知道我是谁吗？"

理发师沉默了。

"我是苏格兰国王詹姆斯七世的后裔，丘吉尔和戴安娜王妃的远亲，12 座城堡的所有者，我拥有 150 个封号，比英国伊丽莎白二世女王所拥有的还多，这些头衔中包括 7 个女公爵、22 个女伯爵、24 个女侯爵，你居然要我在你面前低下头颅？"夫人有些生气，大声宣读这些尊贵的头衔。

"尊贵的夫人，是的。"

"年轻人，你知道吗？我来自欧洲最古老的贵族家庭，是西班牙世袭的阿尔巴公爵的第 18 代继承人，你觉得我会低头吗？"

"只有低下头，才能继续。"

"在梵蒂冈的罗马教皇面前，我都不用下跪，还能骑着马进入神圣的塞维利亚大教堂，你觉得我会低头吗？"

"如果您不低下头，我没有办法护理上面的头发，我相信您会的。"

这个出身西班牙最显赫、最古老的贵族家族的女公爵，哪怕她拥有几十亿的财产，在这个固执的年轻人面前，最终也只能选择妥协。

无论你有多么显赫的头衔和多么尊贵的身份，总有些时候，要学会低头。低头的是稻穗。昂头的是稗子，越成熟越饱满的稻穗，头垂得越低。只有那些稗子，才会显摆招摇，始终把头抬得老高。要学会低头，懂得低头，敢于低头，生命的负载过多，不妨低一低头，卸去那份多余的沉重。

大师妙语智辩

历史学家顾颉刚去拜见章太炎时，大谈西方的科学实验，强调一切事物必须亲眼看到，才算真实可靠。章太炎很不以为然，问顾颉刚："你有没有曾祖？"顾回答说："老师，我怎么会没有曾祖呢？"章太炎说："你真有吗？你亲眼看到了你的曾祖吗？"

章太炎与陈独秀闲谈，说起文学，陈独秀举出几位出身苏皖的学士，言语间颇以身为苏皖人自豪，后来说到湖北，陈不屑地说："那个地方没出过什么大学者。"话音刚落，隔壁房间的湖北人黄侃跳出来大声说："湖北固然没有学者，然而这不就是区区；安徽固然多有学者，然而这也未必就是足下。"一句话噎得陈独秀哑口无言。

法学家王宠惠在伦敦时，有一次参加外交界的宴席。席间有位英国贵妇人问王宠惠："听说贵国的男女都是凭媒妁之言，双方没经过恋爱就结成夫妻，那多不对劲啊！像我们，都是经过长期的恋爱，彼此有深刻的了解后才结婚，这样多么美满！"王宠惠笑着回答："这好比两壶水，我们的一壶是冷水，放在炉子上逐渐热起来，到后来沸腾了，所以中国夫妻间的感情，起初很冷淡，而后慢慢就好起来，因此很少有离婚案件。而你们就像一壶沸腾的水，结婚后就逐渐冷却下来。听说英国的离婚案件比较多，莫非就是这个原因吗？"

著名国画大师张大千留有一口长胡子，还闹出一个笑话。在一次吃饭时，一位朋友以他的长胡子为由头，不断地开玩笑，甚至消遣他。可是，张大千却不烦恼，不慌不忙地说："我也奉献给诸位一个有关胡子的故事。刘备在关羽、张飞两弟亡故后，特意兴师伐吴为弟报仇。关羽之子关兴与张飞之子张苞复仇心切，争做先锋。为公平起见，刘备说：'你们分别讲述父亲的战功，谁讲得多，谁就当先锋。'张苞抢先发话：'先父喝断长坂桥，夜战马超，智取瓦口，义释严颜。'关兴口吃，但也不甘落后，说：'先父须长数尺，献帝当面称为美髯公，所以先锋一职理当归我。'这时，关公立于云端，听完禁不住大骂道：'不肖子，为父当年斩颜良，诛文丑，过五关，斩六将，单刀赴会，这些光荣的战绩都不讲，光讲你老子的一口胡子又有何用？'"听完张大千讲的这个故事，众人哑口，从此再也不胡扯胡子的事了。

谭鑫培的戏风靡北京，各大学多有谭迷。一天课间休息，教师们闲话谭的《秦琼卖马》，胡适插话："京剧太落伍，用一根鞭子就算是马，用两把旗子就算是车，应该用真车真马才对。"在场者都静听高论，无人插话，突然黄侃长身立起，说："适之，适之，那要唱《武松打虎》怎么办？"

郁达夫请一位在军政界做事的朋友到饭馆吃饭。饭后付账，郁达夫从鞋底抽出钞票交给堂倌。朋友笑话他是不是怕老婆而把钱藏在鞋子里，郁达夫笑笑，指着手里的钞票说："这东西过去一直压迫我，现在我要压迫它。"

1934 年秋，胡适在北京大学讲课时又对白话文的优点大加颂扬，有些醉心文言文的学生，不免萌生了抵触情绪，为此展开一场争论。学生说白话文语言不精练，打电报用字多，花钱多。胡适解释道："前几天行政院有位朋友给我打来电报，邀我去做行政院秘书，我不愿从政，决定不去，为这件事我复电拒绝。复电是用白话写的，也很省字。"学生用文言文编写一则复电："才疏学浅，恐难胜任，不堪从命。"胡适说："我的电文是：干不了，谢谢。"众人为之叫绝。

当然，在为白话文争执的过程中，胡适也输过一次。有一天，黄侃在北大讲课，竭力赞美文言文的高明，举例说："如胡适的太太死了，他的家人电报必云：'你的太太死了，赶快回来啊！'长达 11 字。而用文言则仅需"妻丧速归"四字即可，只电报费就可省三分之二。"胡适听后一时语塞。

钟点工帕克

因为丈夫工作的原因，琼斯太太带着三个孩子刚从其他国家来到哥伦比亚的波哥大生活，刚到陌生的社区，琼斯太太格外不习惯，新房间需要打扫，她按照电视里提供的电话，请了一个钟点工上门服务。

这是一个年纪不大的女孩，20 岁左右，像极了自己在美国求学的大女儿，脸上都是青春美好的笑容，浅浅的，微微的，明媚如春风，非常阳光。

"早上好，琼斯太太，我是钟点工帕克。"女孩伸出手。

琼斯太太回以最真诚的笑容，接下来，便是介绍打扫的事情，三个孩子都不大，需要照顾，琼斯太太实在是忙不过来，介绍完工作内容，便给孩子煮牛奶去了。隔壁的房间里，传来轻快的歌声，帕克像只欢快的鸟儿，动作娴熟地整理房间，打扫卫生，还一边唱着歌曲。

忙碌了一个上午，家里总算干净顺畅了，琼斯太太支付了费用，帕克骑着小轮车，唱着歌儿走了。

真是个让人舒服的工人，一想到这里，琼斯太太烦躁的心情都平静了许多。

一周之后，琼斯太太又打电话给服务公司，需要保洁人员上门服务，电话快挂断的瞬间，她想起了帕克，她低声请求："能不能让帕克过来?"当对方答应了她的时候，琼斯太太莫名地有些小开心。

帕克又来了，还是骑着那辆小轮车："早上好，琼斯太太，这是我摘的鲜花，送给您。"

花真的很香呢，太阳照在花上，露珠保持着清早的味道，刚刚还在因为孩子哭闹而烦恼的琼斯太太，瞬间就笑了起来，真是不错的一天。

像只小鸟一样的帕克，一边工作，一边又轻吟那些美妙的歌声，听着听着，琼斯太太也跟着哼了起来。

半年的时间里，琼斯太太跟帕克成了好朋友，有时候打扫完房间，还会一起聊天，也会一起逛街。琼斯太太才知道，帕克真的很努力呢，父母离婚后，留下一些债务，年轻的帕克勇敢承担起来，并未因此而抱怨不停，反而努力工作、努力生活。帕克还是个不错的园丁，有一手很好的园艺技艺，对了，年轻的她，也一样爱好时尚，最喜欢的就是骑小轮车，她会骑得很快，也会好多好多的花式表演。

有一天早晨，琼斯太太正在陪孩子玩玩具，门铃响起，打开门，是帕克，琼斯太太有些奇怪，今天没有叫钟点工啊。

"琼斯太太，谢谢您给我工作，接下来的半个月里，我要去伦敦，将会由我的同事为您服务，希望可以令您满意。"

其实，琼斯太太还是不太愿意换其他人，她跟帕克成了好朋友，很喜欢这个年轻阳光的女孩，但对方有事要离开，自己也不能强求，好在只有 10 多天。她祝福帕克"旅途愉快"后，特别又讲了一句："你从伦敦回来之后，可以继续帮助我吗？"帕克答应了。

半个月很快就过去了，帕克回来了，还送给琼斯太太一些伦敦奥运会的吉祥物，她想，也许帕克是去看奥运会了。这不重要，重要的是，帕克回来了，她又可以跟帕克一起带着孩子去公园游玩了。

有一天晚上，琼斯太太跟丈夫看电视，新闻介绍说哥伦比亚在伦敦奥运上取得一枚金牌，冠军得主叫帕克，获胜项目是小轮车。看到这里，琼斯太太简直不敢相信，难道一直为自己服务的钟点工帕克，就是那个为哥伦比亚取得唯一一枚金牌的英雄帕克？

第二天，她立即打电话给服务公司，要帕克来服务，当帕克骑着小轮车来到门口的时候，琼斯太太仔细打量对方，回忆电视里的画面，没有错，这就是那个冠军帕克。

"上帝啊，帕克，你是哥伦比亚的骄傲，怎么还会做钟点工？神会怪我把一个英雄当作保洁人员的，天，我居然还让你帮我洗尿布。"琼斯太太都快要疯了，语无伦次地拥抱着帕克。

"琼斯太太，钟点工是我的工作，小轮车是我的爱好，仅此而已，拿不拿冠军，我都需要生活的，还得感谢您一直给我工作呢。"看起来，帕克完全不像是一个奥运冠军，平静得就像一个普通的钟点工。

接下来的日子里，帕克仍旧为琼斯太太做保洁，每一次都欢快地骑着小轮车来，也一定在歌声中欢快离去。

好几次，琼斯太太就把帕克得奖的视频找出来观看，然后就开始想，这是为什么？一个人成了奥运冠军，仍能心平气和地把运动当作兼职，没有忘记自己的本职，这就是心态，最好的心态。想到这里，琼斯太太再次觉得帕克又拿了一枚金牌——生活的金牌。

麦格教授在中国

她是位公平的导师，对几个学院一视同仁，即便是自己学院的学生触犯校规她也严惩不贷，哪怕最后为此丢掉学院杯。另外，她是个非常严厉的老师，所有的学生都很尊敬她，她绝不容忍任何不规矩的行为，在她的上课时间没人可以随便打岔——即便是哈利·波特打断她讲课也没得到什么好处。

是的，她是广为人知的凤凰社成员之一，格兰芬多学院的院长和变形学教授——米勒娃·麦格教授。也许是骑着魔法扫帚，也许是别的什么交通巫术，从神秘的霍格沃茨魔法学校，教授来到了大连理工学院，这一回，她不做院长了，也不授课，转而做起了教导主任。

天刚亮，她提前起床，开始一天的忙碌，洗漱时间，一个一个房间开始巡视，看看那些还在被窝里赖床的学生，从男生宿舍，再到女生宿舍，两幢楼，共有 10 多层，她总是以最快的速度奔走在其间，如果你还在睡觉，抱歉，麦格教授可不管你是男生还是女生，直接就跳到你的床上。

每日三餐，教授一定准时出现，学生若是浪费粮食，她第一时间跑过去，什么也不说，默默捡起地上的米饭吃下去，没有任何表情，看上一眼，学生从此都学会节俭了。

上课的时候，教授轻手轻脚地来到教室里，看看学生们有没有玩手机的、看小说的、打瞌睡的，当她幽灵一样出现在没有专心上课的你面前，你再也不会怀疑她的魔法。

课间休息，要放松哟，教授会把教室里那些发呆的、看书的、玩游戏的学生全部赶到操场上，去运动，去玩耍，陪着你闹，陪着你疯，你打乒乓球，她会爬到球台上，跳起来抓住你的球跑掉，然后让你去追她，当然，你一定是追不上的，她可是有魔法呢，不过到最后，她会还给你，随后又去逗弄打网球的人了。只是，她从来不去打篮球，这个时候的她，会坐在边上很认真地看，时不时小声咕哝上两句，对了，她会帮忙捡篮球。

熄灯了，教授比宿舍管理员更严厉，那些还在上网的学生就麻烦了，教授有狠招，她可不会敲门让你关电脑，因为她有魔法，可以任意出现在多么高的楼层，所以，她会躲在阳台的窗户外，然后趁你玩得特别投入的时候，猛地叫上一声，天，你会被吓住的，只得跟她道歉，再也不敢了。

跟魔法学校一样，大连理工学院也有树林，这是约会的好场所，天黑了，总有几对小情侣在里面聊天浪漫，教授不反对恋爱，但也像爸爸妈妈一样监督那些想越轨的行为，别以为她看不见，再黑的夜，只要你们过于亲昵或者有什么过分的举动，教授会以人类达不到的速度打断你们。

考试的时候，教授也参加监考，她居然在讲台上闭上眼睛，不过，千万别相信，做出什么错误的行为来，她有魔法，开启了另一双眼睛，当然，这一点，大家都格外清楚，从来没有学生在她在睡觉时作过弊。

男生有些懒，踢了球回来，袜子也不洗，就躺在床上，别怀疑教授的嗅觉，爱干净的她可受不了这气味，她会帮助你，把袜子扔到垃圾桶里，至于第二天你起床找不到袜子，光着脚丫上课，就不是她负责的事了。

　　女孩子们都爱吃零食，吃饭的时候不好好吃，再偷偷地去超市买一些零食存在房间里解馋，抱歉，教授可不嫌弃，趁上课的时候来个大扫除，薯片真香，没喝完的可乐还是甜的，吃不完了，用魔法袋装走。对了，有一回，一个女生买来电饭煲，准备煮鱼汤，结果上课的时候，教授到房间把鱼拿走了，更过分的是，她把鱼拿到女生的教室里，大口大口地吃起来，学生们大笑，女生差点气哭了。

　　失恋了，生病了，只要不开心，麦格教授会陪伴你，也不说话，只听你诉说，陪你流泪，是呢，她可是最好的朋友，这一点，教授做得最好，你也放心，她一定会保守你的小秘密。

　　其实，麦格教授除了严厉与死板，也有可爱的一面。学校举办晚会，她会在别人唱歌的时候，突然跳到舞台上，唱上几句，全然不管调跑得好远好远。人家跳劲舞呢，她却突然跑上去，用类似于散步般的悠闲步子打乱节奏，使全场哄然大笑。学生的活动，她都会参加，无论是文学社，还是足球联盟，都有她的身影在，不用担心她会不会，魔法，可不是一般人能理解的。

　　毕业了，教授参加送别，男生女生都抱着哭，教授不哭，就那么看着，只是她这一天的眼神，不再严厉，她会在学校的门口，看着学生们拖着箱子离去，眼神里，写满伤感。一个假期，她孤独无助，或在宿舍的走廊里回忆往事，或在教室里晒太阳发呆。

麦格教授来中国的时候，变形状态为一只虎斑猫，从此，她再也没有以人的形象出现过。

新学年又开始了，在大连理工学院的操场上，你会看见，麦格教授踱着步子，特严肃的扫视着新同学有没有乱扔垃圾、说脏话……

士兵不是希特勒

1891 年 8 月 30 日，他出生于英国沃里克郡利明顿，早年生活困苦，童年时代的大部分时间都是在孤儿院度过的，成年后他在利明顿一家旅馆干过锅炉工。1910 年 8 月，这个再普通不过的穷小子加入格林·霍华兹步兵团，开始了他的军旅冒险，同年，随步兵团第二营辗转南非、根西岛等地服役，接着，第一次世界大战爆发了。

在夺占法国小镇马尔宽的渡口的战斗中，他所在的步兵团一度被德军猛烈的重机枪火力所压制，关键时刻，他跃出战壕，只身一人匍匐靠近德军阵地并成功消灭了德军机枪手。抵达渡口时，他再次冒着密集的炮火率先铺设起木板，使英军冲锋部队得以顺利冲入敌人阵地。紧接着，他与战友一起与德军展开白刃战，最终迫使人数占优势的德军退出战斗。

两军的血腥厮杀渐渐平息下来，德军或投降或撤向后方，英军亦无力再战。突然，他的视线中出现了一个德军伤兵，也许是因为部队仓皇撤离顾不上，对方一瘸一拐爬出阵地中的沟壕，直起身子准备逃跑的时候，被他发现了，同时，德军伤兵也看到了不远处他的枪口正死死地指着自己，伤兵显然已经精疲力竭，没有惊慌失措，只是毫无表情地盯着他，似乎在等待已无可避免的最后时刻。

他没有开枪，尽管他当时已经瞄准，如果扣下枪机，对方绝对活不下来。但是，他有一个原则：从不射杀那些放下武器的伤兵。最后，德军伤兵略略点了点头，就慢慢走远了，消失在视野里。

他不知道，整个人类 20 世纪的历史也就是在这一刻忽然掉转了方向。

他叫亨利·坦迪，是战争期间获得荣誉最高的英军士兵，因作战英勇，先后被授予"优异战斗勋章""军事奖章""维多利亚十字勋章"，为表彰他在战争期间的杰出表现，当时的英国报纸对其战功广为报道，意大利艺术家福蒂尼诺·马塔尼亚专门创作了一幅以伊普尔战役为背景的油画，他在画中背着一个伤兵，以示这些勇敢的士兵是在为"结束一切战争"而战斗。

战争结束后，坦迪荣归故里，娶妻生子，过起了平静的生活。谁又会想到，不到 20 年，命运之神就又来打扰他了。

1938 年的欧洲，风雨如晦。当时的英国首相张伯伦前往德国与元首希特勒会谈，希望换取欧洲的和平。到达建在山头的别墅，令张伯伦大感惊奇的是，希特勒的客厅里赫然挂着一幅马塔尼亚当年为坦迪所作画像的复制品，希特勒解释说："画中的这个人差点要了我的命，当时我甚至觉得自己再也回不到德国了，上天将我从英国士兵瞄准我的枪口下救了下来。"最后，希特勒希望首相回国后向他的这位英国"救命恩人"转达最衷心的感谢。

消息传到英国国内，举国震惊，这个突如其来的"祝福"对坦迪而言无疑是命运的一记重重的耳光。人们纷纷责骂坦迪，说他 20 年前的"善行"，成就了一个"刽子手"，导致整个世界陷入一场劫难，对于坦迪来说，这则往事却是他不得不接受的残酷现实。

1940 年，坦迪在舆论压力下，移居考文垂，目睹德国空军将这座城市炸成平地。此后，他在伦敦再次亲历纳粹空军的狂轰滥炸。他对一位新闻记者痛苦地感慨道："要知道这个家伙会是这样一个人，我真该一枪毙了他。那么多人，那么多老弱妇孺被他杀害，我真是有愧于上帝啊！"

在深深的自责中，时年49岁的坦迪再次报名参军，他表示"不会让希特勒从自己的枪口下逃离第二次"。但他在索姆河战役中所受的重伤使他已不能重返战场，虽然这位老兵此后忘我地投入到国内志愿工作之中，但对往事的记忆却时时折磨着他，直至1977年，86岁的坦迪离开这个世界。

后来，他的女儿在整理遗物时，无意间发现当年责问他的报纸中，夹杂着一张泛黄的纸，坦迪在上面写着这么一段话：我后悔自己的一念之仁，改变了数千万人的命运，造成人类历史上最大的灾难，但是，如果重新有这么一次机会，面对一个不知道未来的伤兵，我还是会选择让他离开。我只是一个士兵，不是屠夫，假如当年我开了枪，那么，我跟希特勒就没有区别了。

狼王的传说

一只鹿丢在了地上，雪白的大地，顿时生动起来。

我吞了吞口水，饥饿的肠胃，不争气地发出"咕噜咕噜"的反抗，这是没有礼貌的行为，我暗自谴责自己，害羞地低下头，四周，同样饱含欲望的声音不合时宜地响起——兄弟们也都饿了，只是大家都不好意思。

我们不可以立即进食，哪怕是饥饿难忍，对于一匹狼来说，没有经得王的同意，提前进食代表着背叛与挑衅，在我们的世界中，冒犯王的尊严，不是可以被原谅的事。

王迟迟不见，我们围在鹿周围，耐心等待一场盛宴。鹿肉的香味，在寒冷的空气中肆意挥散，大家坐立不安，内心早已蠢蠢欲动，却没有一个会越过雷池半步，我们清楚地知道，王一定在某一个角落关注着我们，但凡某个不懂事的家伙稍稍上前，王便会以风一样的速度赶到，然后，撕裂它。

像是一个世纪过去了，王姗姗而来，步伐蹒跚，一个尊贵的王，永远是那么地庄严稳重。所有的兄弟仰天长啸，欢迎王的到来。王看着我们，一声长啸，刺破苍穹，树上偷窥的雪花，都惊得纷纷坠地。

王在笑，也许，那是对我们的表现感到欣慰，也许，那是对食物的尊敬，但是我明白，这笑里，有无穷无尽的爱。

王一丝不苟，精致地撕咬鹿肉，它先咬下一块头盖上的肉，那里，只能是它的食物，不过，王最喜欢的，却是动物的腿，精细的瘦肉，是王的最爱。

王进食很慢，我们必须有足够的耐心，忍受肠胃的饥饿，还要去观看别人进食，这是件残酷的事，但王要求我们这样做，它说，没有耐心的狼，不足以生存在草原上。

王的食量很小，一小会儿就吃好了，起身，看了看我们，然后，发出"开饭"的指令。我们早已习惯，在王吃东西的时候准备好，待它一声令下，就飞奔到食物面前，抢夺自己的午餐。

没有一个兄弟会客气，对狼来说，客气不是我们的词语。鹿肉很嫩，很香……

王在笑。

一般情况下，吃完饭后，我们会围在王的身边，跟它撒娇，用嘴亲它的面颊，王有点苍老，银白的头发，银白的胡须，岁月在它的脸上，刻下一道又一道的印迹。

但没人敢质疑王的权威，哪怕它苍老如斯，从先辈开始，王就统治着这一群狼，它平时也许看着弱不禁风，但生气时瞬间改变的眼神，足以让温度都下降许多度。

王用手抚摸我们的头，这是亲昵。它闭上了眼睛，享受我们的殷勤，它的脖子，就这样裸露在面前，我分析，只要我稍微向前一咬，它便会刹那间倒下，但我不会那样做，王信任我们，我们不能让它失望，29 个兄弟，没有一个会去试验，后果大家都清楚，哪怕它成功杀了王，其余的 28 只狼，也会蜂拥而上，背叛王的狼，唯一的下场就是变成碎片。

我爱我的兄弟，我爱我的王。

从出生开始，我就在王的怀抱中长大，它像是父亲，教给我无数的本领，有时候王也像母亲，任由我们打闹撒娇，王不仅仅是我们的统治者，它是我们的骄傲，我们的依靠。

但也有动物并不这么认为，它们私下嘲笑我们，说我们是一群懦弱的狼，居然让别的物种当我们的王。

谣言四处扩散，老虎知道了，狐狸也知道了，可气的是，连树上的鸟，都叽叽喳喳地取笑我们。当我的兄弟告诉我们，它打盹的时候，地上的蚂蚁小声议论我们的王的时候，29 匹狼，愤怒了。

一群狼生气了，是件恐怖的事，我们没有把传言告诉王，王的事情很多，没有时间来处理，我们也不愿意告诉它，这也许会让它生气。

我们查清楚是一群猎豹说的坏话，29 个兄弟，一腔怨气冲了上去，没有言语，直接发起进攻，也有兄弟受伤，但猎豹还是败了，我们痛，我们互相舐舔伤口，我们骄傲。

王有些迷惑，但我看到，王在笑。

这样的战争并不少见，包括一些狼，也曾一度想要挑战王的位置。

每一匹狼，都有过做王的欲望，这是狼的天性。

那还是很久以前的事了，我还很小，部落里，一匹叫科尔的成年狼，体格强壮，性子暴躁，桀骜不驯，无数次用足够硕大尖利的獠牙，在其他的狼面前展示它的强大，甚至在进食的时候厮打，没有狼敢反抗，但睿智的王却发现了。

王大声斥责它，还用手敲打它，科尔在面对批评的时候，总是低下头，但大家都看到了它嘴角的不服气，直到有一天，科尔把另一匹幼狼咬伤的时候，王用力教训它，一直积压的科尔爆发了，它伸出爪子，推了王，眼睛里，怒火在燃烧，空气都僵硬起来，我们都知道，接下来，也许，我们会有一个新的王。

王有些气愤，但没有科尔那么大的怒火，它用最真诚的目光，与科尔对视，目光里，是爱、包容和信任，时间也许有三分钟吧，整个场面格外寂静，科尔没有上前，王也没有走动，就那么一直注视着。

最终，强壮的科尔败下阵来，这在当时并不被大家理解，所有的狼都不知道科尔怎么会败，直到很多年后，科尔才说，王的眼神里，不仅仅是尊严，还有信任，这让科尔开始羞愧。

原来，信任比所有的力量都强大。

再说另外一个故事，这故事是先辈们流传下来的。

一个春暖花开的季节，王才做王没多久，一匹狼就逃跑了，传说它很尊重王，但受不了王的规则，在某个漆黑的夜晚，它独自离开了狼群。

王很着急，大家以为王是生气它的逃跑，在王的命令下，所有的狼跟随着王，开始寻找那匹离开的孤狼，越过高山，穿过丛林，在王的指引下，大家蹚过了沼泽地，每到一个高地，群狼跟着王一起，大声呼唤它的名字，也许是它真的想离开，以至于一个晚上的找寻，都没有丝毫的结果，大家都累了，倦了，但王还在坚持，不停歇地呼唤。

先辈们说，王的声音沙哑，但听得出里面的着急。

天亮的时候，他们找到了孤狼，它被一群豹子攻击得体无完肤，伤痕累累。王没有批评它，仔细抚摸它的伤口，并紧抱着它。

据说，狼的眼里，有泪水闪现，像是离家的孩子，安然享受重逢时母亲的怀抱。

王是个严厉的王。

它有自己的尊严，只要我们谁敢先吃东西，它会大怒。

当然，规则还有很多，不允许我们私自打架，不允许我们离开部落，欺负幼狼也会受到惩处……

这并不是说王死板，相对来说，它比绝大多数的狼王都和蔼。

它允许我们跟它嬉戏，用手摸它的头，这要在其他的狼群里，会立即被撕得粉碎。

这样的事，很多，它很宠我们。

王是个智者，它是森林里最智慧的王，历经岁月时光，愈发淡然平和。

它不仅仅爱我们，也爱其他的动物，这在森林里简直是件奇怪的事，狼的王，应该侵夺其他的动物啊，但我们的王，还跟鸟儿说话，也跟小狗玩耍。

所有的动物，都羡慕我们的王，我们这群最初被人嘲笑的对象，如今，变成了被人羡慕的榜样，哪怕我所在的狼群是世界上最奇怪的种族——29 只狼里，有欧洲狼，也有蒙古狼，还有加拿大狼，最引人注目的，是北极狼，那一身雪白的外衣，阳光下分外漂亮。

我是狼，但我的王，却不是狼。

他是人类，准确地说，他是个德国人，曾经是个伞兵，叫维尔纳·弗洛依德，1972 年，他在德国梅尔齐希的禁猎区创造了这个狼群保护地，占地约 10 万平方米，在过去的 40 多年里，弗洛依德一共饲养了 70 多只狼，他采取最原始的方式，与狼一起生活，最终，赢得了狼的尊重，成为这群狼的"君王"。

在世俗的眼光中，狼是凶残、狡猾、阴狠的，人与狼永远都是天敌，但弗洛依德的故事告诉我们，发自内心的尊重，可以赢得任何一种动物的信任。

"我把这个故事告诉你，孩子。"阳光明媚的午后，森林里光影斑驳，一匹老年的狼，慈祥地对另一匹还在成长的狼说道。"要成为王，爱，信任，能够超越种族，这才是王者的力量。"

嬉笑的声音传来，回头看去，那群狼，正围着王打闹，苍老的弗洛依德，面色安详。

最高的友谊

将军纵横驰骋十几年，有兄弟若干，一次又一次的战役，将军带着兄弟们南征北伐，金戈铁马。兄弟们拿身躯为将军挡过箭，将军也曾把受伤的兄弟扶上自己的马。有兄弟马革裹尸，也有新的兄弟前赴后继。

将军重义，人称"义王"，珍爱兄弟，视若手足。

这一仗，从数万大军，一直杀到仅剩4000部下，将军败了，被敌人围追堵截，赶到河边悬崖之上，后有追兵，前有埋伏，将军身陷绝境，四面楚歌中，英雄走到了穷途末路。

将军的身边，还有一帮赤胆忠心的兄弟，同甘，共苦，不离，不弃。

粮草用尽，前途无路，军心不稳，三军已无半分希望，敌军射来招降书，将军面临人生最艰难的选择。

将军明白，自己必死无疑，将军愿做那西楚霸王，面临绝境，拔剑自刎，也算成就一番勇名；或者死战到底，杀至一兵一卒，后世千年传颂慷慨壮烈。无奈敌军将领已明确要求，若将军自杀，必屠尽三军，要求将军活着接受审判。

这是一条最屈辱的路。将军如若放下武器走向敌营，兄弟们会以为将军怕死投降，一世英名付诸东流，世世代代印下耻辱的印迹。

为了兄弟，将军没得选择。

可并非所有的兄弟都明白将军的选择，当将军的决定传开之后，无数兄弟泪流满面，他们看着将军，不敢相信，不愿相信，不能相信，那个骁勇善战的将军，会是这样怯弱？有兄弟歇斯底里地大吼：将军，你连死都不敢了吗？

将军无言以对，唯有泪水涟涟，血从唇边流下。

有的兄弟，选择了壮烈，他们放声大哭，纵身跳向悬崖之下湍急的河流。

有的兄弟，默默无语，转身，开始检修武器。

将军答应了敌军的要求，愿一死保全三军，前提条件是先放4000兄弟离去，否则宁战不降。敌军通盘考虑，担心垂死挣扎反受其害，答应将军的条件，准备路引钱粮，打开包围，放4000士兵离去。

离去的士兵，有的明白将军之深意，一个跪下，接着，两个跪下，最终全部跪倒在地，拜谢将军，哭声震天动地。将军哭了，将军笑了，整理好黄缎龙袍，脚踩黄缎靴，头戴黄风帽，从容自若穿过刀枪剑戟，走向敌营。

身后，传来一声呼喊——将军稍等。回头，有三个兄弟，尾随而来。将军低喃："何苦呢？"

五天后，将军一行被押解到府衙受审，当时署内署外，刀枪林立，堂上堂下，警卫森严，兵丁人人弓上弦，刀出鞘，一片杀气腾腾。主审责问将军罪孽，将军枭桀之气溢于颜表，词句不亢不卑，不作摇尾乞怜语，痛斥朝廷无道。

审判结束，将军起身从容就缚，赴刑场时，三个兄弟侍立等候，齐声躬腰道："仍旧请主帅先行！"将军遂放步前行，昂然奔赴刑场，至凌迟就戮，均神气湛然，无一畏缩之态。

主动放下武器被俘，对任何军人而言，都是一段悲凉而屈辱的路，在将军的最后一程，三个兄弟懂得将军，义薄云天选择受辱，始终陪伴于左右，使其走得温暖而又有尊严，不至于孤单凄凉，用生命和尊严诠释了最高境界的友谊。

将军叫石达开，绰号"石敢当"，太平天国翼王。公元1863年6月27日，与黄再忠、韦普成、曾仕和三个部将，于成都慷慨赴死，时年32岁。

悬空寺的包容

山西大同悬空寺，悬挂在北岳恒山金龙峡西侧翠屏峰的悬崖峭壁间，上载危崖，下临深谷，背岩依龛，不仅外貌惊险、奇特、壮观，建筑构造也颇具特色，以"奇、悬、巧"三绝而闻名于世。

悬空寺，不仅以它建筑的智慧而闻名，独特的"三教合一"宗教文化内涵同样精彩纷呈。巧妙的多元宗教文化内容，在边塞民族融合之地，和历代此起彼伏的金戈铁马格局中，竟然得以经1500多年而保存完好，未受损害，堪称奇迹中的奇迹。

最高处的三教殿，并不宽敞的空间中，正中端坐着慈和安详的佛祖释迦牟尼，左边是微笑谦恭的儒家始祖孔子，右边是清高豁达的道教老子李耳。千百年来，他们一殿相处，友好和谐，教化世人，开悟人生。而全寺80多尊神像中，还有尧、舜、禹以及关云长，各自代表不同的意义，却又和谐共处。

在历史的变迁中，三种宗教都经历过很多大浩劫，无论是北魏太武帝灭佛，还是儒教和道教的起伏，许多庙观都惨遭毁灭，但是悬空寺完好地保留下来。

对悬空寺而言，虽然名为"寺"，却佛道儒三教合一，时佛时道，佛道融合。除却建筑的智慧，悬空寺能够保存1500年的原因，也许在于包容并蓄、虚怀若谷、囊括四海的文化特性吧。

你的对手，在不同的时间里，也许就是你的朋友。

优秀也须留三分

因为跟妻子常年两地相隔，我辞了工作，回到老家，准备重新找一份事情来做。人才市场跑了好些天，还是没有一家单位愿意接纳我。

几天后，老同学介绍我到他一个朋友的单位去面试，应聘经理助理。到达公司时，办公室里，还有另外一个面试者。

经理让我们分别介绍自己，我有外企工作经验，从事过相应的助理工作，英语六级水平，组织过很多大型活动，我一边拿出各种资格证书、获奖证书，一边条理清晰地介绍了自己的学习情况、工作情况、相关的经验、取得的成绩。当然我说完的时候，我明显看到经理微笑满意的脸。

面对我的优秀，另一个求职者，相对来说，则要平凡很多，无论知识还是工作经验，包括谈吐口才，我都感觉他不如我。他介绍完毕，特别说了一句："我的缺点是大局观不够，经验不足，希望可以在进入公司后得到经理的指点。"

离开公司的时候，我回头瞄了一眼，经理还在严肃地看另一个求职者的简历，看来，这次工作应该没问题了。给朋友打电话报喜，感谢他的推荐，电话里，他开心地说要我请客。

两天后，我接到朋友的电话，他告诉我，公司录用了那个求职者。电话这边的我，完全蒙了。

我很是不解，质问朋友，怎么公司会录用相对来说差一些的应聘者，我问经理是不是担心我进了公司威胁到他的位置？朋友没有回答，转述了经理的几点理由：一是职位只能开出 3000 元的薪金，我表现得太优秀，又有大企业的管理经验，说庙小了，供不起大菩萨。第二，还是因为我表现得过于优秀，经理担心我不会安心在他们的小公司工作。最后，经理说："我们不招负责人，只招放心人，找的是助理，而不是经理。"

这次的经历让我明白，现在企业用人的理念是量才施用，将合适的人安排在合适的岗位上，对于一个职位来说，不是越优秀越好，而是越合适越好。应聘的时候，我们总是把自己最优秀的一面展现出来，以期能够获得老板的欣赏，这是人之常情，但千万不可"表现"过度，太优秀了，老板反而有压力，只需要展示出真实的自己，有优点，有缺点，综合素质能够胜任应聘的职位，老板就会接纳你。

乞丐的从容

大街小巷，我们时常遇见乞丐，年长的，年幼的，残疾的，拖儿带女的，无论什么样，对于他们，除了同情以外，更多的却是厌恶，特别是对于那些身体完好却追逐着你不罢休的乞丐，甚是反感，觉得生活有很多选择，为什么偏偏要走这条路。内心里，我从来没有正视过他们，直到一件事的发生。

　　这天中午，我去街上办事，把车放到停车场，走路要穿过天桥，正午的阳光很刺眼，天桥下面人来人往，行色匆匆，各自都为生活而忙碌，熙熙攘攘中，却有那么一份安静与闲淡，与行人格格不入，非常显眼。

　　一个50多岁的老年男性，没有左腿，裤子挽着一个结，面前的破碗里，没有几张钱，多是一毛五毛的零票，最大的面值也不过是五元。他衣服破旧，却有着与常见到的乞丐不同的干净，身体旁边的矿泉水瓶里，装着一半的水，就那么靠着天桥的水泥柱子，悠闲地看着一本书。

　　这一刻，内心很感动，他比我更从容，悠然自得地享受阅读的乐趣，完全无视行人的眼光，也不考虑今天能要到多少钱，晚饭有没有着落。走近了，看到书的名字，是一本武侠小说，他沉浸在小说的世界里，脸上时不时显示出淡淡的笑容。人们边走边交代事情的声音，车辆的喇叭声，急不可待，透露着烦躁的情绪，所有人都是一副赶时间的表情。嘈杂纷扰的声音，却丝毫没有影响他的快乐。

　　天桥下，依旧你来我往，生活压力大，大家不得不加快脚步，一个乞丐，却安静地拥抱着这美好的日子。我以为，我是忙于生活，他却真正在享受生活。我想过去放下一些钱，随即又放弃了这个念头，我不敢去打破他的平静，就让他自由地阅读吧，那是一份属于他的从容和幸福。

幸福在哪里

前些日子，朋友向我抱怨，他告诉我他的父亲生病住院了，紧接着失去了工作，相恋四年的女朋友又与他分了手，心情糟透了。他问我："我为什么这么不幸?"面对朋友的问话，我真的不知该怎么去回答，于是陪他喝酒聊了一个晚上，给他讲了几个故事。

南隐是日本明治时代的著名禅师，有一天，一位信徒去请教他："禅师，到底什么是幸福?"南隐禅师并没有立刻回答他的问题，只叫他去河边提一桶水来。

当水提来时，南隐禅师指示信徒道："你看看水桶里面，也许会寻找到答案。"信徒一听，虽然觉得非常奇怪，但考虑到南隐禅师是著名的高僧，就按照禅师的方法，聚精会神地看着桶里的水，看了一会儿，什么也没发现。正在他疑惑不解的时候，南隐禅师突然将他的头按到水里面去，信徒痛苦地挣扎，无论怎么努力，硬是动弹不得，只好任凭禅师把他死死按住，不能呼吸。就在他快喘不过气的时候，禅师才松了手。解脱痛苦的信徒呼呼地喘息着，口中责骂禅师道："你真粗鲁，把我按在水桶里，你要知道那痛苦像地狱一样。"

禅师并不生气，平和地说道："现在，你感觉如何？"

"现在，呼吸自由，感觉好像天堂一样。"

南隐禅师道："只一会儿工夫，你从地狱天堂来回过了，还不知道什么是幸福吗？"

信徒沉默了一下，明白过来：原来，幸福就在每一秒的呼吸里。

2003年5月，在北京科学会堂，当代科学大师霍金的学术报告刚结束。一位女记者向这位被困在轮椅上30多年却从未停止过思考的科学巨匠问道："霍金先生，疾病已将您永远固定在轮椅上，您难道没有为自己失去太多而感到不幸吗？"

霍金脸上依然挂着恬静的微笑，用不大灵便的手指艰难地敲击胸前的键盘，随着合成器发出的声音，在宽大的投影屏上，显示出了几行文字——

"我的手指还能活动，

我的大脑还能思维，

我还能够看见彩虹和享受美食；

我有终生追求的理想，

有我爱和爱我的亲人与朋友，

因此，我是幸福的。"

骤然间，掌声如潮。人们向这位坦然面对磨难的斗士致以深深的敬意。

"发烧了，才知道不发烧多么清爽。咳嗽了，才体会到不咳嗽的嗓子多么安详。刚坐上轮椅时，我老想，不能直立行走，岂非把人的特点搞丢了？等到生出褥疮，一连数日只能歪七扭八地躺着，才看见端坐的日子其实是多么晴朗。后来又患尿毒症，就更加怀念往日时光，终于醒悟：其实每一刻我们都是幸福的，因为任何灾难的前面都可能再加一个'更'字……"这是史铁生在《病隙随笔》中说的，也只有像他这种在痛苦中浸泡过、在孤独里煎熬过的人，才会充分意识到，只要还能呼吸，头颅还能思考，便尽是美好的日子。

一份漫画杂志举办以《世界的最后时刻》为题的征文活动，夺得一等奖的是这样一幅漫画：妻子在厨房里涮洗完碗筷后，正伸手关水龙头，丈夫则坐在客厅里沙发上，冲泡着两杯咖啡，旁边的地上，儿子正在堆积木……评委们是这样评价的：我们震惊于这一家人的平静，他们理解了人对幸福的最高追求。

在大街上看见一个乞丐，边吃剩饭边喂他的一只三条腿的小狗，丝毫没有理会匆匆行走的路人，完全忘却了自己的处境，悠然自得地享受着他的生活。那一刻，我竟然陶醉在一种幸福的感觉里。

不幸因为贪婪，幸福源自知足。一个人是否幸福，不在于他拥有什么，而在于他怎样看待自己的拥有。它是一种感受和体会，它无时不在，无处不有。它跟物质无关，它和欲望无缘。一个能把贫穷的日子变得富有情趣，能把沉重的生活变得轻松活泼，能把苦难的光阴变得甜美珍贵，能把烦琐的事情变得简单可行的人，就一定能体会到幸福的真正含义。

最后，我对朋友说：幸福只属于那些懂得珍惜的人，它可能是成功时的鲜花、失意时的问候，也可能是父母的唠叨、妻子的关爱、儿女的撒娇。不同的理解，就会感觉出不同的幸福。如人饮水，冷暖自知，只要我们用心去领悟和品味，幸福自会萦绕在你我身旁。我能够听到你的倾诉，你能够听到这几个故事，于你，于我，都是一种幸福。

战　马

一

陈连升第一次看到这匹马的时候，皱了下眉头。

其目暗淡，腿细而长，其尾翩翩，肚腹便便，神态阴郁，不能亲近，这样的马，体力不支，脾性凶暴，绝对不是可以战斗的马，上边越发应付差事了，简直拿兵勇的生命开玩笑。

这确实不算是一匹好马，行伍几十载，他从小兵、把总，再到千总，见过的马成百上千，没有一匹，如此怪异。

这个世界，有人特别傲，那得有本事，才有不屑的本钱，李太白敢叫高力士脱靴，心中早有天地诗歌，换了普通人，早被杀头丢命。做人如此，马亦然，这一匹马，天生羸弱，却还脾气大，无可救药。

兵问：将军，如何处理？

陈连升看看马，没有说话，转身离开，再回头：熬吧。

二

马要如何熬？

其实就是驯，狠狠地驯，当一个将军说出"熬"这个字的时候，他会很痛，战场之上，马就是战友，一匹好马，可能是关键时刻生命的保证，古往今来，无论刘备、曹操，还是秦琼、李靖，凡征战沙场之辈，坐骑都在紧急时分救过命。

不到万不得已，一个将军，不会下达"熬"的命令。

先饿，几天不喂食，让马饥饿到极点，去其力；再磨，轮番上阵，使劲地折腾，不停地鞭策，不准休息，夺其劲；

接着，在马疲惫的时候，捆于马桩上，固定四肢，不让其动，困其志；最后一招，如果连番手段还没作用，就把马置于马群之中，用盐水泡过的鞭子使力地抽，直到它屈服为止。

这样的程序，几十年难得一用，一则因为没有几个人肯下狠手，二是再烈的马，也挺不过这四样手段。

血，染红了马鞭，浸红了马厩，马，依然不肯低下头颅。

陈连升有些动容——这该是怎样的烈性啊？

三

看到这匹桀骜不驯的马，陈连升想起了自己的经历。

出身于土家族，自幼尚武，臂力千钧，惯使大刀与弓箭。青年从军后，长袖不舞，多不得志，也未曾低下过头颅曲下身子。半生戎马倥偬，于内忧外患中出生入死，参加无数惨烈的战斗，功勋虽高，却也因为黑白分明，性格暴烈，辗转迁徙，军职始终不高。

有一些人，永远，骨头都是那么硬。

这匹马，又跟自己有何分别？

念及此处，陈连升喝退了抽鞭的士兵。拿了一把青草，仔细挑去里面的杂物，送到了马的嘴边，马，一口撕掉他手上的草，还有他的手皮。

疼痛之际，草掉到地上，士兵又开始抽马，他却发现，烈马饥饿到了极点，却不愿意低头吃地上的草。

刹那，他决定把这匹不听话的马当作自己的坐骑，只因，它像极了自己。

四

最好的药，最好的草料，精料豆子也没断过。

马的伤，逐渐治愈，仔细清理，陈连升看到了胸下的一撮白毛。相马典籍之中，这叫逆毛，主天性暴躁、不易驯服，但若是收服了，应是千里马。

他很纳闷，分明是一匹劣马，何故有宝马的特征？

因着一身的黄红皮色，陈连升想起《五代史》中的汉王刘旻乘黄骝驰归，于是，给它取名"黄骝"，希望这是一匹宝马。

接下来的日子，他却有些怀疑自己的判断，黄骝令不行，禁不止，不合群，依旧大脾性，虽是能够训练，却完全没有好马的素质。

五

这是黄骝的第一次战斗，山中剿匪。

去的路上，陈连升一直在思索，战斗之中，黄骝能否默契配合？看现在这副没精打采的神态，他对接下来的战斗有些不安。

行军快到贼匪老巢，军队停止，一道道命令下达，先行侦察、诸兵合围，兵分了下去，继续前行，却遇到敌人的埋伏，临危之际，黄骠扬蹄奋行，躲过敌人凌厉的一箭。

至此，陈连升视马为珍宝，特地在宿营主帐边设了一个马厩，里面只有黄骠。士兵私下传言，将军只有闻得到黄骠的气息，才能安稳入睡。

受到精心侍候的黄骠还是格外烈性，除将军外，无人可以坐上去，包括他的儿子——武举人陈长鹏。某次，儿子见猎心喜，趁将军不在，偷偷牵了马出去试骑。结果，黄骠拒绝了小主人的热情，死活没让陈长鹏跨上身子。他一气之下，抽了黄骠几鞭子。待将军归营发现，愣是要以盗马罪处置自己的亲儿子，在一干下属的劝导下好歹收回成命，最终还是命军法官笞杖三十。从此，士兵们明白了，在将军的心中，黄骠比儿子还金贵。

六

镜头转到公元 1839 年 1 月，湖广总督林则徐受命前往广东禁烟，陈连升和儿子陈长鹏随行，担任九龙官涌营参将，是年 7 月，三艘中国水师巡逻船与装备精良的英军军舰发生激战，水师虽奋勇还击，但渐渐力不从心。驻守岸上的陈连升当即一声令下，众炮齐发，从清晨打到黄昏，激战 10 多个小时，击沉英军双桅飞船一艘，并使其余敌船受到重创。

此后，陈连升还率部与英军多次激战，在虎门、大角、沙角等海防前哨，不断重挫英军舰队。广东军民赠颂牌，上写："民沾其惠，夷畏其威，威慑重洋。"陈连升的名字令英国侵略军闻风胆寒！

英军见广东防守严密，无懈可击，乃北上攻占浙江定海（今属舟山），窜扰天津。清廷惊慌失措，革去林则徐职务，派直隶总督琦善南下媾和。

琦善到广州后，为了讨好侵略者，公然诬指陈连升对英军擅自开战激怒英人，惹下祸端，下令严惩陈连升。又将他的兵船与兵力裁减三分之一，并蛮横地拆走沙角炮台的全部木排与铁链，遣散大量忠心抗敌的船工水勇，最后，陈连升所部仅剩他出征时从家乡带出的 600 名土家族兵丁。

1841 年 1 月 7 日，正当琦善卑躬屈节与英方反复"谈判"之际，英陆军少校伯麦却突然指挥 200 多艘舰船从海面轰击沙角炮台，还派遣 2000 多名军人登岸，自清晨至下午，共施放炮弹千余发。陈连升指挥反击，一次又一次击退敌人的进攻。英军从正面屡攻不上，利用汉奸带路，偷越后山夹攻。清军虽腹背受敌仍毫不畏惧，陈连升率炮台守军 600 多人浴血奋战，激战竟日，伤亡甚重，火药消耗殆尽，英军乘虚攻入。

面对汹汹来敌，愤怒的陈连升高呼"报国捐躯，此正其时"的口号以激励士气，骑着心爱的黄骠马在敌阵中往来厮杀，用弓箭射毙数十名敌兵，箭射完了，又抽出腰刀与敌人拼搏，肉搏正酣之际，敌人的炮弹飞来，他躲避不及，胸部中弹，饮恨殉国，时年 63 岁。

随征的儿子陈长鹏见父亲阵亡，悲愤中挺戟大呼，冲进敌群，砍杀数敌，自己受伤 10 余处，面对敌人包围，拒不投降，跳海捐躯。

侵略者登陆，恼其英勇，恨其坚贞，竟然残忍地脔割陈连升遗体。

七

血色黄昏，悲壮苍凉的战场之上，满目疮痍。一匹马，踯躅徘徊，悲鸣尸侧，哀哀长嘶，久久不肯离去。

英军也认得这是好马，把它掳去香港，岂料马如主人一般坚贞，英兵一靠近，它就飞蹄踢去，英兵强行骑上马背，它就把他抛落地下；英兵喂它，它则昂首不顾；香港同胞喂它，要双手捧给它才吃，如若放在地上，它便昂然而去，"以其地为夷有也"。若说它是陈将军的战马，并赞颂陈将军父子壮烈殉国的时候，它就涔涔泪下。若说带它回内地，则摇尾相随。恨得英兵用战刀砍它，它也毫不屈服。侵略者拿它没法，把它放在山中，它草也不吃，水也不喝，终日向着西北方的大陆，若有所思，若有所语，俯仰之间，嘶叫悲鸣，忍受着饥饿和伤痛，伴随着日夜对主人的思念，渐渐骨瘦如柴。

1842 年 5 月，黄骝在香港绝食而亡。

八

600 士兵，无一生还者，战后整理遗骨，仅有 75 具，足见战争惨烈之状。马，是"节马"，兵，亦是"节兵"。

古来骐骥传名驹，如斯节烈前古无。今日旅行于虎门，曾经是炮火硝烟、刀光剑影的要隘，曾经是悲风烈烈、血雨腥风的高台，将军雕像，金盔铜甲，仗剑傲立，双目炯炯，银髯飘飞，毅然守护着这片苍茫大海。

碧草秋风，涛走潮涌，再看节马碑，读到"公心唯国，马心唯公"的瞬间，突然想起岳武穆的"壮怀"、文天祥的"正气"，一脉相承的"节"，是忠诚，是不屈，壮烈千古，只因有魂，这也是一个民族屹立不倒的精气神吧。

老兵的五个角色

指 挥 员

云南省红河州河口市地处祖国南疆，属亚热带气候，常年多雾，离县城 10 千米的一座大山里，格外静寂的空气中，传来一声军号，号声结束一分钟，厚重而嘹亮的声音响起：

"全体都有，戴帽子、扎腰带，今天早上进行队列训练。"

"立正，向右看齐，向前看，跑步走。"

"一二一，保家卫国，固我河山，一、二、三、四……"

各种口号，嘹亮地回响在这片土地上，回声此起彼伏。

从黎明开始，早饭、操课、休息、午饭……严格遵守部队的一日生活制度，他用厚重而沙哑的嗓音，固执而倔强地守卫着祖国的边防。

有将军前来检查，他会第一时间整理好着装，跑步前来报告："首长同志，全体359名同志，正在进行队列训练，请您指示！指挥员罗奇忠。"行礼之手，略微颤抖，身影稍显佝偻，动作却标准有力。

首长会说："老罗啊，辛苦了。"

他毫不犹豫地回答："为人民服务！"

也有首长会很严肃地问："部队训练得怎么样？要守好边防线！"

他会挺起胸膛保证："人在阵地在，坚决完成任务。"

一天的训练结束，喇叭里又会准时响起熄灯号："熄灯就寝。今晚哨兵——罗奇忠！"

30多年来，日复一日，年复一年，声音响彻云霄，军号从未停止。

士　兵

1979 年，战争爆发的时候，他报名参军，因为年龄太大，没有被批准，他天天跑到征兵部门软磨硬泡，负责征兵的首长没有办法，最后答应让他当民兵。

随后参加轮训，因为军事技术过硬，表现突出，升职为民兵排长，两个月后，他被派遣为前线侦察官兵带路。前线形势越来越紧张，每天往返于阵地，运送弹药上去，抢救伤员下来，这一次，当他气喘吁吁地背着弹药爬上主峰，他发现，没有伤员——敌军的高炮，把整个山头削低了几米，到处是战友的尸体，看到那一地的鲜血，他心疼得愣在阵地上，敌军的子弹扫过来，营长朱钦文一把拉倒了他。

营长骂他，还是没有反应，一巴掌抽在脸上，他放声大哭，歇斯底里。营长还在骂："老子还没死，你哭个屁？全营听好了，人在阵地在，哪怕只剩一个人了，也给老子守住。"

没有人回答，牺牲的人不会说话，活着的人全神贯注盯着敌方，枪炮声，便是最好的诺言。

营长看了看阵地，猩红的眼睛盯着他："要是老子死了，你把我埋在这阵地上。"

一把抹去了泪水，他脱口而出："我给你守一辈子陵！"

营长大笑，话音未落，一颗炮弹呼啸而至，溅起的泥土使他的世界刹那黑寂。

等醒过来，已是三天后，在后方的医院里，此次战斗，只有他一个伤员。

守　墓　人

358 座烈士墓，整洁，大方，肃穆，白的是石灰，红的是烂漫山花，灰色的是方块石头。每一座墓碑上的烈士名字都被刷上红漆，夕阳西下，暮色苍茫，和烈士墓碑顶部的红五星互为映照，投射出一种无法言语的悲壮。

这是今天的陵园，最初的时候，并非如此。

1986 年，经上级批准，罗奇忠成为水头烈士陵园的正式管理员，水头陵园是县级单位，行政拨款不多，拿着为数不多的工资，他投入到完善工作之中，买来马车，拖来石板、水泥，立起了墓碑。根据家乡的风俗，死亡的未婚男子的墓前都要栽一簇红花。于是在 358 座烈士的坟头上，他都栽了一簇红色的兰花。每年清明，他都要将烈士墓上的土翻新一遍，将墓碑上的字，用红漆重描一次。

他说："都是生龙活虎的年轻战士，都喜欢漂亮，我不能让他们太寂寞。"

于是，他自费购买了电视机、影碟机和扩音器，在烈士纪念碑的小广场前播放中越边境反击战的历史影像，

1979 年那一场战争的隆隆炮声，在水头烈士陵园上空回响，晚饭后，罗奇忠则不定时播放一些诸如《十五的月亮》《再见吧，妈妈》等军旅歌曲，而每逢周末，陵园还会放映《高山下的花环》等反映那场战争的电影。

358 名烈士，有一等功臣 11 名、二等功臣 50 名、三等功臣 77 名，无论干部还是士兵，老罗对 358 名烈士的生平、事迹等一切资料了然于胸，哪一个人，什么时候牺牲，什么兵种，籍贯何地，如数家珍。

有位烈士的弟弟来到陵园寻找哥哥的坟茔，一听名字，罗奇忠马上报出："他是四川西昌人，生前是炮兵班长，位置在左边第八排左起第 17 座。"

亲　　人

老罗的阵地在这里，家也在这里。

他的妻子，是一位憨厚木讷的女性，从结婚到现在，陪着老罗一起守护在陵园里，没有任何收入，纯粹是义务工作，而他们的孩子，也在这里出生，童年最大的回忆，就是每逢春节，父亲会让他在每一个墓地前庄重严肃地磕头，给"叔伯"们上香拜年。长大后，读了大学，本来可在大城市工作，却硬是被父亲拉了回来，老罗抽了口旱烟，叹口气说："等走不动了，让他接自己的班，继续守下去。"

老　兵

国外的百姓过境采购物资，记者随机采访，他们不知道罗奇忠是谁，但是都知道，这边的山上，有一支部队，风雨无阻在训练。

香港凤凰卫视著名记者杨锦麟采访老罗："住在陵园中，你怕不怕？"

他说："埋的是我兄弟。"

"30多年，你守在这里，孤独吗？"

"有300多个战友陪我。还有我的妻子。"说到这里，他木讷的脸上露出个憨厚的笑容。

"一起参战的同志，都退休安享晚年，你却守在这里，60多岁还要工作，值得吗？"

他回答："人在，阵地在。"顿了一顿，又补充了一句："人得守信呢。"

人在，阵地在，熟悉而陌生的话语。

硝烟已经远去，士兵爱好和平。我们无意去重新撕开那道已经愈合的伤疤，但不能忘记历史，脚下这片日益繁华的国土上，有这样一些人，活着，抑或死亡，都坚守在自己的阵地上。

指鸟为鸾的后果

唐高祖李渊在太原起兵后，派儿子李建成、李世民率兵攻打西河郡（治今山西临汾）。兄弟二人治军严明，长驱直入，直至西河城下。郡丞高德儒闭门固守。激战五天后，西河城破，高德儒被俘。

《新唐书·太宗纪》中记载，斩郡丞高德儒，自余不戮一人。再看历史，李世民在攻打隋军的过程中，再无生擒同样级别的地方官员然后杀戮的记录了，那么，西河郡数万之众，李世民何以要杀掉高德儒呢？

事情得从两年前说起。隋炀帝大业十一年（615年），有一天，亲卫校尉高德儒正在巡逻，恰巧看到洛阳西苑散养的孔雀。为了拍皇帝的马屁，高德儒率领十几人奏报隋炀帝杨广，声称在洛阳宫城东南的金殿之前亲眼所见有"鸾凤"落下。由于高德儒臆造，并撒谎说"鸾凤"飞走了，皇帝也无法验证究竟是怎么回事。

但这并不妨碍皇帝的好心情，彼时，正是内忧外患之际，杨广一听，大喜过望，"鸾凤降临"那是吉兆，象征江山永固，千秋万代，这可是最大的祥瑞！兴奋之余，杨广擢升高德儒为朝散大夫，另赏绸缎百匹，另外参与汇报者统统有赏。赏赐完毕，杨广下诏，在"鸾凤"落脚之处兴建仪鸾殿，希望吉兆永驻。

高德儒因此谎言，得到皇帝的喜欢，然后平步青云。两年后，他被擒下，按说李世民会解下捆绑他的绳子，然后招揽为用，但等待高德儒的，却是李世民的怒骂："汝指鸟为鸾，以欺人主取高官。"随即，砍下了说谎者的头颅。

高德儒当初指鸟为鸾的时候永远不会想到，谎言会要了他的命。秦时赵高指鹿为马，最后不得善终被夷三族，由此可见，说谎者能横行一时，但谎言欺骗不了所有人，颠倒黑白者，最终会被黑白颠倒。

辟　邪

他中邪了，目光呆滞，精神恍惚，每多惊醒，常生幻觉，总觉身后有东西。夜夜难眠，精神每况愈下，数日之间，他已是形神俱疲。

家人多方求医，于祖传老中医处觅得安神良方，百年山参，野生灵芝，不惜成本，千金配方，汤药服了下去，并无多少效果，他依旧惊悸怔忡，虚烦不眠。

朋友怜其情，听闻狗牙有慑邪之威，于山中找到黑狗牙给他佩戴，还是没有作用，又有哥们兄弟买到桃木宝剑，钟馗神像，想着或许就能解除邪气，没承想他气色愈来愈差。

他觉得这些辟邪物品不够珍贵，所以作用不大，一打听，玉是驱邪宝物，地底埋藏多年，集浩然正气，令邪物胆寒，不敢近身。又请人于新疆寻找上好和田美玉，羊脂白的籽料，自然价格不菲，拿回家，红绳系于脖上，心里踏实不少。到了夜里，他又想：这玉，到底有没有作用？想着想着，就觉得阴风阵阵。

请教江湖大师，说玳瑁乃龟科动物之精血凝固而成，吸天地之精华，古时皇家御用驱邪之极品，又去淘了回来。佩戴几天，发现宝物表面一处泛白，心里又开始纳闷，是否为瑕疵？如果不完美，定然效果不大。

折腾了数月，还是没有好转。又有亲戚，从国外找得好宝贝——正宗的巴西紫水晶，据说可驱赶邪运、增强个人运气，给人勇气与力量。放于家中，初时特别喜爱，夜晚休息，却突然反应过来——水晶是西方驱魔师的宝贝，自己可是东方人啊。

还有大师说阳光最能辟邪，能令邪气魂飞魄散，形神俱灭，并且增加人的阳气，遂于阳光下曝晒，直晒得肉皮开始掉落，又把窗户全部打开，引正气于室内。上半夜，觉得有效果，凌晨一过，天气变凉，又觉得气氛阴冷。

半年有余，花费无数，寻"宝物"若干，变成了花样折腾，效果寥寥。他认为都是普通办法，平凡器物，驱不得自身的邪，依旧气弱体虚。

辗转几千里，到一座名刹古寺，千百年历史，一度曾得皇家供奉，道乐悠扬，经声琅琅，佛法氛围深厚。找到方丈，请求做法驱邪，方丈曰："邪从心生，心中无邪，便不畏邪。心中有邪，什么宝贝都不能辟邪。"怎奈他一直恳求，方丈遂送上《金刚经》一本，言日夜诵读，邪气自然不敢近身。

夜晚，他开始念诵佛经，希望借佛法压邪，烛光之下，他大声诵读，佛法果然厉害，他不再寒冷。倏地，烛光摇荡，他脸色苍白，惊颤呼喊：又来了。

再回寺庙找方丈，自言中邪太深，普通佛经镇不住，希望借得佛祖舍利一用。方丈自是不允，无奈他百般纠缠，只得用黄布包了一颗普通佛珠，与他前往家中。一进房间，着实寒冷，抬头一看——空调开到30度，走于下面，方丈感觉空调下冷风直吹，大惑不解，30度怎么会这般冷？

方丈说要做法，请他离开。又请来空调维修师傅，仔细检测，原来，空调系统出现故障，自动调整到15度，这——就是他所说的邪。

无恶念时，一心是佛国；有妄想时，满眼是地狱。不做坏事，不为小人，心胸坦荡，浩然正气，天地之间均无邪。

极 品 核 桃

他酷爱文玩核桃，幼时接触，便沉浸其中，时至今日，满天星，狮子头，将军膀，公子帽，世间有的品种，他囊中尽有。

但他一直有遗憾——没有一对重器，可以举世瞩目。

他足迹遍天下，只要听说某个玩友手上有好核桃，便要想方设法请回家。某棵树要下果了，他不吃不喝守在树下，等待树主摘下去皮，看有没有好宝贝。

多年的坚持，他终于见到一对顶级的文玩核桃。全国仅存的一棵老树上，配出一对周正的南将石狮子头，品种珍贵稀有，厚边连纹，圆尖洼底，筋细纹路深邃，质坚骨硬，边厚肚大，标准的菱形脐，其质瓷实，如羊脂美玉一般细润，更为难得的，是50毫米的个头，整棵树也挑不出几个，而这一对，无论形、纹、色，都甚是般配，更显珍贵。

所有玩家都为这对核桃所震撼，最终，他用天价请回家。

从此，视若珍宝，倍加珍惜，重金打造紫檀外盒，雕龙画凤，内有羊脂美玉为底，七色宝石镶边，天鹅绒铺在里面，越发显示出核桃的珍贵。

平时欣赏，也必先净手，燃香清心，细细观看，格外兴奋。夜晚休息，要放入床边的保险柜才能入睡。也有多次夜半惊醒，赶紧打开查看，确定宝贝还在，方能继续入眠。

他不敢像过去一样把玩这对核桃，它们太稀有，太贵重，如若磕碰，将是不敢想象之后果。

天下核桃玩家，都知道他有一对珍品，只要聚会碰面，无不提及他的宝贝，尽管他不轻易示人，但得意之情溢于言表。

30年后，他骤然离世。家人打开保险柜，取出南将石，再与另一对普通揪子一起，交由拍卖公司拍卖。因老树死亡，世间再无南将石，家人以为他的这对珍宝，必定能拍出天价，而另一对揪子，只不过用来支付拍卖的费用罢了。

结果出人意料，当年天价的南将石，居然流拍，而揪子，却拍出不菲的价格。

专家鉴定时，纷纷感叹不已。南将石核桃，30 年未曾把玩，已然开裂，了无生机；而揪子则因时常盘玩，皮色俱老，包浆活气，如同玛瑙。

有心栽花花不开，因为太在乎，反而迷失了本源。文玩一事，首先是玩，不玩，它只是核桃。当年的他，喜欢核桃，殊不知，因为这对极品太珍贵，不会玩，不能玩，不敢玩，不舍玩，最终，他却被核桃玩了一把。

第四辑

建造在水下面的桥

　　做一件事情的方法有很多种，如果一个办法行不通，可以试试另一种。无论是生活还是工作，困难处处可见，我们都无法阻止困难的出现，当有困难的时候，我们不要退缩，要有解决困难的勇气。要知道，这个世界上没有解决不了的问题，只有战胜不了的自己！

建造在水下面的桥

《圣经》中有这样一段记载：当神的仆人摩西解救在埃及为奴的以色列人逃离埃及到达红海边时，眼见要被埃及追兵赶上，万分危急的关头，摩西用神的手杖指向滔滔红海，使海水在瞬间向两边分开，形成左右的高墙，露出来一条海底大道，以色列人从这条海中之路上得以逃生。

现实世界中的荷兰，就有这样一座桥，建在水平面以下，像神的手杖一样，把河水拦腰切开。

在荷兰的哈尔斯特伦市，有一条"西布拉邦防线"，它修建于 17 世纪早期，由一条护城河和周边的系列堡垒构成，洪水泛滥的低洼地带也被利用起来，灌入河水与护城河相连，让敌人无法步行涉水，深度也刚好阻止敌人的船只航行，总长几十千米，在几百年的岁月里，成功阻止西班牙和法国的入侵，立下了赫赫战功。

几百年的风霜使这条天然屏障年久失修，失去了曾经的风采，2010 年，政府决定重新修缮，并开放旅游。

在前期筹划的过程中，景区工作人员发现了一个问题：当年因为战争原因，为确保防御安全，在总长几十千米的防线上，只有三条道路供军队通行，而这三条道路的位置也非常偏远，完全不方便作为旅游景点的道路，如果选择作为交通路线，那么旅客只有开车进入城堡区，会影响旅客的数量，还会污染城堡的环境，更会破坏整体的历史氛围。

起初，考虑采用船作为交通工具，往返运送旅客，无奈护城河太窄，船只刚起动就已经到达，更何况水深太浅，也不能承担。最后，他们决定，在离城市最近的护城河上修建一道桥梁，方便人们进入城堡，要打造成为当地的纪念性建筑和跨区域徒步线路上的景点。

调研论证后，地点确定在该区最大的堡垒"布迪塞"边上，一是因为这个堡垒有很美的风景，二是离哈尔斯特伦市只有1.5千米，人们完全可以在晚饭后来城堡散步。

经过投标，科尔建筑师事务所承接下工程。摆在负责人爱德·科尔面前的，却是一个难题，针对著名的水防线，他面临一个严重的挑战：政府要求"修旧如旧，尊重历史，尽量不破坏原来的建筑，并且符合战争防御的功能与意义"。

面对政府的要求，科尔建筑师事务所组织了一个七人小组，对防线进行了详细的调查，仔细研究了城堡的历史与文化，但怎么满足政府的要求，一直没能够拿出方案。

显然，这是一件非常困难的事，堡垒被护城河环绕，之前并未修筑任何桥梁，如果将桥架在壕沟和防御工事之上，就失去了原有的历史意义，有悖于护城河的职能所在，尤其是这座桥正好是从过去敌人入侵的方向引导游客去城堡的。如果修造一条水底隧道或者地下通道，确实满足了不影响整体建筑风格的要求，也符合战争时期隐蔽的要求，但庞大的工程将面临巨额的开支，而政府的预算根本没有这么多。

一时之间，设计师焦头烂额，无法应对这个看似简单却无比矛盾的难题。

眼看政府规定的提交报告的时间越来越近，设计师们还是没有满意的方案，这一天，冥思苦想的爱德·科尔正在工作室中左右为难，其他设计师有的在纸上乱写，有的站着构思，大家都想不出来好主意，其中一位设计师说："神啊，请帮帮我们吧。"刚一说完，爱德·科尔的眼睛死死地盯住他，半晌，他大声叫道："神可以帮助我们！"

原来，当设计师提到神的时候，爱德·科尔突然想起了摩西分开红海的故事，他想：是不是可以作为借鉴，在护城河水平面以下，修一条"嵌"在水里面的桥？他提出了自己的方案，所有的设计师都被惊呆了，以前一直纠结于水上面和水下面，为什么没有想到与水面持平呢？将桥

体结构最高处保持在与水面平行的位置，远处望去如同隐形一般，就能够达到政府的要求，

按照思路，他们开始制作模型，设计成"凹"字形，在护城河中铺出一条沉入水中的通道，建造大桥的材料采用稳定、环保的"固雅木"，木材表面使用无毒抗菌涂层，并用铝箔包好，能防止木材被腐蚀，中间带有阶梯的硬木桥面使用榫卯法制作，就能确保密封性。

政府规定的时限到了，爱德·科尔提交了设计，得到专家和政府的一致认同，对其独特的思维创意，所有人不约而同地发出赞美，称它是"世界上最巧妙的桥"。

建设的过程中，工作人员又解决了应对下雨的问题，为保证水渠地面干燥，在水渠的两侧都安装了一排水管，任何一点多余的水都会从那里排走，流到一个集中点，然后被水泵抽出去，这样，在任何时候，水平面都保持在现在这个高度，但实际上水流是连续从桥底流过的。

2011年，桥建造成功，欧洲建筑师联盟授予它"2011年年度建筑大奖"。架设在护城河内的"摩西桥"，深嵌于河水之内，与景观天衣无缝地融合在一起，远处望去如同隐形一般，能够让人们从水平面以下通过护城河。你只有走近了，才能看到这条狭窄的水路在你面前打开，就像神话中摩西分开红海那样，行走在海底大道之中。

随脚一起长大的鞋

琼斯是一家超市的收银员，丈夫则在这个只有 6000 人的小镇上开出租车，家里经济条件并不宽裕，而一对双胞胎女儿的出生，更是给家庭增加了不小的负担。

尽管想尽一切办法在生活中节俭，但随着女儿年龄的增长，开支越来越大，衣服经常穿一年就小得穿不了，而鞋子则是几个月就需要更换，琼斯为此伤透了脑筋。

有一天早晨，两个孩子去上学，出门穿鞋子，本来很快的动作，两个孩子却不约而同坐在地上不愿意动。琼斯一问才知道，女儿的脚刚一穿上鞋子，就觉得疼，她用手摁了摁鞋头，脚趾顶住了鞋尖，很紧了。难怪女儿这段时间说脚疼，今天怎么也不愿意穿，要妈妈买新鞋子。

一番安慰，女儿总算上学去了，看着鞋柜里一大堆七八成新的鞋子，琼斯皱起了眉头。女儿的个头噌噌往上蹿，一双脚丫子也没闲着，去年买的一堆鞋子，今年一双也穿不下了。

想了想，琼斯把不能穿的鞋子全部消毒清洗干净，拿到小区里去拍卖。以前也拍卖过其他生活用品，虽然价格低廉，但既能处理无用的物品，还能多少换回一些钱，谁知这一次，一双鞋子也没有卖出去。原来，大家家里都有一堆这样的鞋子，另外，也因为担心卫生问题而不愿意购买。

失望的琼斯不得不取消这个卖一堆鞋买一双鞋的计划，她甚至有些抱怨女儿的脚的生长速度，要是鞋子也能随着脚一起长大就好了，想到这里，她有些动心，为什么不发明一种可以随脚长大的鞋子呢？

随即，她上网查询，只有溜冰鞋可以拉伸鞋托，但不是鞋底。失望的她决定自己来设计，查阅了大量的资料后，她根据蠕虫伸缩自如的原理开始发挥创意，鞋底中部用一种有弹性的塑料，这样就可以自由伸长，相应的鞋面则采取折叠的帆布，构思清楚后，琼斯把女儿穿小的鞋子拿来做试验，试了好几双，终于可以伸缩自如了。

在丈夫和女儿的支持和帮助下，琼斯完善了设计，在鞋底加了一些弹簧，外观上设计了一个银色按钮。此外鞋后跟处还有一个计数装置，它能显示目前鞋的大小，每一双鞋可以提供四个尺码，每按一次按钮鞋子可以伸长半码。穿鞋的人只要按一下鞋上的银色按钮，鞋身就会自动符合脚的大小，那些不断长大的小脚丫再也不是什么难题了。

按琼斯的鞋子换算，平时穿四双鞋子，现在只需要一双，节约了不少的钱。在全家人都满意后，琼斯联系生产商，贷款生产了鞋子，一投入市场，马上受到无数家庭的欢迎，她赚了一大笔钱，看到市场反响这么好，她又针对3至10岁年龄段的孩子，设计了五种可以"长大"的鞋子，再根据季节不同，孩子对款式、颜色的喜好等，开发出不同的鞋子。

如今在美国，越来越多的父母为自己的孩子选择这种"长大鞋"，琼斯终于不用再为给孩子买鞋的钱发愁了，不过，她还是坚持让女儿穿"长大鞋"，培养孩子的环保观念。

2012年6月，好莱坞影星朱莉亚·罗伯茨前往非洲做慈善，为贫困儿童送上一双鞋。她从琼斯这里订了上万双鞋，媒体的报道，更是让这种"长大鞋"闻名世界，订购电话都快打爆了。

好的创意，一定来源于生活的需要，解决生活中的麻烦，这就是最好的生意。

把表戴到手上

手表诞生之前，怀表已为人类服务一个多世纪，彼时，拥有一只怀表，还是贵族才可以享受的待遇。

扎纳·沙奴虽然不是贵族，但他也有一只怀表，只因他是个钟表匠。这只怀表，是父亲送给他的成年礼物，18岁的时候，父亲要求他传承好祖辈的技艺，并亲手制作了这只表送给他，这并不是只精美的怀表，没有贵族的奢华，但很精准，父亲期待扎纳以后的每件作品都必须精准，这是一种希望与鼓励。

三年过去了，扎纳还在努力学习更精深的技艺，第一次世界大战却爆发了，他被德国政府征召入伍，怀揣父亲给他的怀表，走上了战场。

四处征战中，扎纳的怀表发挥了很多的用处，常常拿出来核对时间，但是也很麻烦，战场之上，他不得不经常放下手中的枪，然后从衣袋中掏出怀表来看时间，这是件危险的事，也很不方便。

有没有一种办法让看时间更方便呢？扎纳开始思考这个问题，不管是放左边的衣袋，还是右边的衣袋，再或者放在裤兜里，都需要用手去拿出来，可不可以不用双手去完成这个动作呢？眼睛能看到的地方，还不用手，实在很有限，总不能缝在衣服的腰际上吧？更何况在战场上也不能看到自己的腰，只能看到眼前的枪。

等等，眼前的枪，为什么不把怀表绑在枪上呢？这样在瞄准敌方的时候，也能方便地看清楚时间，说做就做，扎纳立即把怀表绑在了枪上，终于不用再放下枪去拿怀表了，非常地方便，他得到了大家的鼓励。

1918年战争结束，扎纳把怀表从枪上取下来回了家，继续制作钟表，但生意一直不好。当时的怀表，可不是穷人可以拥有的玩意，而贵族对钟表的外观很在意，扎纳却因为资金不足，没有办法装配那些漂亮的宝石作为点缀，生意一直不见起色。

有一天，他得到一个消息，当年他们的上级，一个将军的夫人要过生日。扎纳想送点礼物给她，因为当年在战场上，将军曾经救过他的命，对于恩人的妻子，扎纳一定要送上礼物表达敬意。随即，扎纳又为送什么犯了愁，他没有多余的钱去购买礼物，他只是个贫穷的钟表匠，经过考虑，扎纳决定亲手制作一只钟表，接着，他又因为没有漂亮的装饰品而苦恼。战场上的经历再一次涌上他的心头，将军救命的情景历历在目，他又想起了把怀表绑在枪上的事来，可不可以赠送一只更方便的钟表呢？还可以别有新意。

怎么样不费事而能直接看到时间？除非放到手上，想到这里，扎纳灵机一动，为什么不像当年绑在枪上一样把表绑在手上呢？经过认真思考，他开始制造一种体积较小的表，并在表的两边设计出针孔，分别用一根绳子固定，以便可以系到手腕上。

　　世界上第一块手表就此诞生了，扎纳非常高兴，但在实验的时候又发现了问题，绳子的一端系在表上，另一端，却需要用另一只手去系好，这可不是件容易的事，接下来，他又开始研究完善，直到最后，他用皮制品打孔套上去，算是彻底解决了所有的问题。

　　手表送给了将军夫人，因为独一无二，夫人格外喜欢，时常在其他贵族面前介绍，越来越多的人开始喜欢上这种更方便的钟表，扎纳的订单也越来越多，最后不得不办起工厂进行生产。几年后，他开始生产价格更为便宜的手表，普通大众也可以购买，他把生意转移到钟表行业最为繁盛的瑞士，手表开始走向世界。

　　把怀表绑到手上，从一根绳子变成两根表带，如此简单的一件事，却给扎纳带来成功。原来，解决生活中的麻烦，就是最好的事业。

灾难背后的商机

　　日本"香味市场协会"理事长田岛幸信有自己的调料仓库。有一次，因工人在加工过程中操作不当引发火灾，仓库里面的调料也全部着了火，燃烧后调料产生的刺鼻气味伴着浓烟覆盖了整个仓库，尽管工人最后都安全撤离出来了，但呼吸道都受到严重感染，医生在治疗的时候发现工人均有呼吸道灼伤的情况，调查发现，"凶手"原来是芥菜种子——生产芥末的原料——燃烧后产生的废气。

芥末，是一种调料，喜爱日式料理的人都能体会芥末的美妙滋味。但就是这种美妙的调料，让田岛幸信大受其苦，原来，芥末燃烧后的气味过于浓烈且久久不能消散，让仓库周边几公里的居民都无法正常呼吸，睁开眼睛就流泪，喉咙也有被烧灼的痛感，戴眼镜、口罩仍然抵挡不住芥末的无孔不入，人们要求田岛幸信搬走仓库，赔偿损失，净化空气。一番折腾，田岛幸信支付了巨额的金钱用作赔偿，还在电视上公开道歉，一时狼狈不堪。

他痛恨这场灾难带来的损失，在组织工人搬走仓库的时候，现场弥留的气味仍旧让他呼吸难受，他突发灵感：如果在报警器中加入芥末，发出声音和强光报警的同时，还散发出刺鼻的强烈气味，不就能让人们更好地知道火警吗？田岛幸信为自己的想法心中一喜，说做就做，他立马联系到滋贺医科大学讲师今井真，讲述了自己的想法，后者也认为非常可行，商量之后，建立了一个研发团队，经过对芥末比例的反复调配，终于，世界上第一台带有气味的火灾报警器诞生了。

开发人员请了一位聋哑人亲身验证这套系统的功效，首先在测试者身上安装了测量心律和脑电波等数据的传感器，接着让他在房间中入睡。测试结果表明，当芥末喷出的时候，尽管测试者处于熟睡状态，还是很快忍受不了这种气味迅速醒了过来。随后，研发团队又在一家大型工厂的宿舍做了试验，效果非常好，所有人员均在 1 分 46 秒内反应过来，最后，他们又在酒吧等其他场所做试验，效果一样惊人。

田岛幸信四处推广自己的发明，但起初不被人们认可，尽管市场上的报警器有缺点，但大家一时还是不能接受这样的新产品，直到一场火灾的发生，才让芥末报警器名声大起。原来，田岛幸信免费为社会福利场所提供了报警器，在东京一家老年公寓中，凌晨三点发生了一场火灾却无一人伤亡。视频显示，尽管老人都在熟睡中，但及时报警的芥末报警器发出的气味，还是让老人全部在最短的时间内醒来，然后撤离，而这个时候，大火还只在其中两个房间燃烧。事故报道让全国都知道了这种报警器，其后订单越来越多。

2011 年的"世界另类诺贝尔奖"颁奖礼上，组委会把化学奖授予了田岛幸信的研发小组，奖励他们发明了这种带强刺激性的报警器，让那些听力不好或者睡得太死的人，也会在第一时间内被"叫"醒，挽救了无数人的生命。一时之间，田岛幸信的芥末报警器被推广到全世界，订单接踵而至。

谁也不希望遭遇危机，但一些偶然的灾难无可避免，逃避解决不了任何问题，只有想办法应对困难，化险为夷，在"危"中寻找新的"机"，像田岛幸信一样，开辟出新的市场，才能带来源源不断的生意。

历时 632 年的工程

公元 13 世纪，在德国当时最大的城市科隆，人们迫切希望建造一座"通天塔"，到离上帝最近的地方，祈求神的赐福。经过两年时间的善款募集，建筑设计师凯尔哈里特接手开始方案构思。

参照当时世界著名的教堂，凯尔哈里特历时三年多的时间，从主体风格、建筑材料、装饰物品，事无巨细，画下 6 多万张羊皮纸，着力构建一座"世界第一"的大教堂。

公元 1248 年 8 月 15 日，3 万名市民期待已久的时刻到来了，科隆地区主教康拉德·冯·霍施塔登在圣母升天节这天，为教堂动工举行了奠基仪式。

从这一天开始，科隆大教堂的修建，踏上一条无限漫长的道路。按照设计的方案，在不具备现代几何学和力学知识的前提下，对于每一个细节部分，设计师们都反复研究，边试验边建造。甚至在没有统一的尺寸标准的情况下，那些不知名的伟大建筑师们索性亲自去搭建模型和制造实物样板，确保按照设计完成工程。

前期工程耗资巨大，以当时的技术条件来看简直难以想象。双顶教堂高达 44 米，且直上直下，既要保证底座地基的稳固，又要体现哥特式建筑所独具的垂直线性的效果。当时的人们竟然是先修建直耸入云的柱子，再在其上安装木制起重机，最终实施"高空作业"。今日的人们已无缘看到那空中楼阁般的脚手架，但仅从它长达 14 米的中跨就可想见这个类似细长棱锥形的建筑物是如何拔地而起的。

主体建筑未及建成一半，资金断流，无奈之下，工程中止，三年又过去了，在所有人的努力下，又重新开始动工，一边修建，另一边，人们没有停下募集资金的脚步。

不仅仅是技术和资金的问题，当时没有水泥，石块与柱子间的连接，采用的是鸡蛋与面粉调和的方式，这个地区的鸡蛋都被用来当作黏合剂，几年之后，鸡蛋不够供应，人们买来其他地区的鸡蛋，却被建筑师拒绝了——他们觉得，不同地区的鸡蛋，成分的比例不同，会影响整体的质量，人们投票决定，严格按照起始的计划，不打一丝折扣，最终，工程又停了下来，工人们去养鸡了。

接下来的几年，又因为地区官员之间争权夺利，多次拖延工期，到 1322 年唱诗堂封顶，用去了 74 年，当年发起活动的人，多数作古，接手的人们，不知道还要多长时间可以完成整个教堂的建设，但他们却秉承先辈的要求——按照最初的设计，一直修下去，他们固执地坚持，教堂建设过程再长都无所谓，因为它是奉献给上帝的，上帝没有时间限制。

进入 14 世纪，又因为石块开采一空，人们不得不更换其他石块，光是寻找同样石块的过程，就花费了几年，他们在全国范围内仔细对石种进行详细的对比，包括硬度、色泽，甚至于吸水的程度，最终才挑选出适合的材料。

通向希望的路，总是曲折而漫长，随后，王朝的更迭，战争的发生，让工程多次停下，也有人表示，在原先宏伟的基础上，做适当的调整，减少工程量，以便早日完成，最终也被拒绝，人们说，在上帝面前，不能打折。

多年以后的一场战争，让描金的木制天花板意外起火，烈焰在短短的几个小时内几乎完全吞噬了教堂，除了正门的一部分、大厅的凯旋门式拱门和十字耳堂及廊庭花园之外，所有其他部分都付之一炬。人们痛哭，但没有绝望，擦干泪水，他们又开始重新建设，有的人，从儿时，到临终，都在参与教堂的建设，有生之年看不到教堂建造完成，但他们告诉儿孙，坚持下去，一定可以。

也许是上帝在考验科隆人的虔诚，此后工程又因种种原因无数次停下。直到19世纪60年代，普鲁士王国国力强盛、财力雄厚，科隆大教堂未尽的工程又被提上议事日程。早在此前，包括大文豪歌德在内的许多名人就提出重建大教堂的想法。到了1864年，科隆市发行彩票筹集资金，教堂一层又一层地加高，一间又一间地加宽，严格按照600年前的设计，建成了今日以两座"高塔"为主门，内部以"十字心"为主体的建筑群。

1880年10月15日，这座当时荣膺世界最高建筑物称号的大教堂举行了盛大的竣工典礼。大教堂占地8000平方米，建筑面积6000多平方米，东西长144.55米，南北宽86.25米。两座尖塔高达157米，大教堂的四周还有若干个小尖塔。整个工程共用去40万吨石材，这是中世纪欧洲哥特式建筑艺术的代表作，也可以说是世界上最完美的哥特式教堂建筑之一，它与巴黎圣母院和罗马圣彼得大教堂并称为欧洲三大宗教建筑。

走进科隆大教堂，森然罗列的高大石柱，鲜艳缤纷的彩色玻璃，精致的拱廊式屋顶，以及凌空升腾的双塔皆气势傲然，让人由衷崇拜神圣的力量，也许，这也因为那份坚持了632年的信仰。

伦敦奥运火炬上的 8000 个孔

2012 年 5 月，在奥林匹克运动的故乡希腊雅典，伦敦奥运会的圣火点燃，奥运会火炬惊艳亮相。那么，这个设计方案又是如何产生的呢？

2010 年，伦敦奥组委与英国设计委员会联手，向诸多设计公司及制造商发出邀请，公开征集奥运火炬设计方案。消息一经公布，各个设计公司都十分重视，组建最好的团队来进行创作，毕竟，如果能够采用自己的方案，将不仅仅是带来金钱上的收益，公司和设计者的知名度，更会扩及整个世界。

在这些公司中，有的曾给英国王室设计过庄园，有的设计过家具，还有一些世界闻名的设计者，他们的作品，包括南非世界杯的球场，奔驰公司的新款豪车，无一不是顶尖的艺术作品。三个月后，所有的设计方案摆在了伦敦奥组委的面前：

英国是现代足球的发源地，经过100多年的发展，足球已经浸透到英国社会的各个角落，足球在英国与其说是体育运动，不如说是一种体育文化，以前就有以此为灵感的设计，在一个握手上端，是足球造型的奖杯；

一提起英国，大家会想到绅士，自然，也就有设计公司融入了绅士的元素——以人体为原型，艺术化造型的顶端，是一个绅士的帽子，火焰将在上面熊熊燃烧；

还有公司以莎士比亚为设计灵感，他可是英国的骄傲，作为文艺复兴时期的剧作家、诗人，也是英国最著名的文学家，代表了英国文学的最高峰；

伦敦塔桥，是英国伦敦从泰晤士河口算起的第一座桥，也是伦敦的象征，有"伦敦正门"之称，当然，这也是创意的原型之一，而另一个英国标志性建筑——国会会议厅附属钟楼上的"大本钟"，自然也没有被放过；

也有人创作现代感特别强烈的方案：根据英国的领土形状，抽象成为一个火炬；

有以骑士精神为原型，有以英国发达的工业为创意……在上百份方案中，伦敦奥组委采纳了巴伯和奥斯戈比工作室的作品：

火炬的外形是一个金黄色的三角锥形，主要材料是双层镂空、激光切割的铝合金，高800毫米、重800克，从头到尾的金色象征奥运圣火的光芒。之所以选择三面造型，是受到奥运会所传递的各种理念的启发。比如，尊重、卓越、友谊的奥林匹克价值，更快、更高、更强的奥林匹克格言。此外，三面造型还象征英国于 1908 年、1948 年和2012 年三次举办奥运会，象征 2012 伦敦奥运会的三大主题：体育、教育和文化。同时，非圆形的火炬手感更好，也更容易被火炬手握住。

　　两名设计者都毕业于伦敦的皇家艺术学院，1996 年二人成立了自己的设计工作室，尽管伦敦的维多利亚和阿尔伯特博物馆、纽约的大都会博物馆都收藏有他们的作品，但作为一个独立的工作室，对比其他著名设计公司而言，并无任何优势，奥组委采用这个方案，最看重的，是火炬上的 8000 个孔。

　　原来，巴伯和奥斯戈比接到消息，开始构思设计方案，阅读了大量的奥运知识后，一个大胆的念头出现在他们脑中：奥运会火炬传递可以说是每届奥运会开始前的一场热身大戏，但历届奥运会的火炬设计，要么以历史为依托，要么以文化为创意，再或者就是根据体育理念来表达，却忽略了"每一个人都应享有从事体育运动的可能性"的精神，能不能以人为设计元素呢？

　　想到这个念头，两人都格外兴奋，主题是确立了，但该如何体现，又成了困扰他们的最大难题，是以一个历史名人为原型？还是把对英国体育有巨大贡献的人物名字刻上去？当他们翻到此次奥运火炬手有 8000 名的资料时，瞬间找到了方向。

伦敦奥运会 8000 名火炬手，只有十分之一是名人，7300 名选手来自各个社区的推荐，平凡普通，只是爱好体育而已，最年长的火炬手黛娜·古尔德，已是 100 岁高龄。而最小的多米尼克·麦高恩，仅仅只有 11 岁，还有一位在阿富汗战场上负伤的士兵，一名肌肉萎缩症患者，各种职业，各个年龄段都有，算是真正的"全民参与"。

最后，巴伯和奥斯戈比设计了这个火炬，8000 个圆孔在一定程度上减轻了整个火炬的重量，体现了环保节约的宗旨，也代表了长达 8000 英里（1 英里约合 1.6 千米）的传递总路程。最重要的一点，包含着向 8000 名火炬手致敬的寓意，这便是组委会采纳的理由——奥运会不应该只是明星的聚会，每个人都有权享受运动的快乐。

解聘一只猫

它跟美国前总统奥巴马合过影，也时常在英国前首相卡梅伦的膝头撒娇，女王陛下宴请的贵宾名单上也曾有过拉里的名字，没有人可以像它那样受宠，在威廉王子的婚礼上，戴上国旗领结，于唐宁街 10 号的内阁会议室内悠闲睡觉。为了得到它的生活照片，那些面对总统都毫无惧色的记者们，也不得不弯下腰，这些照片一度是世界著名媒体的头条，红遍全球。

作为世界上最出名的猫，拉里一度很郁闷，原因是它被英国政府解聘了。

英国早在亨利八世时期（16 世纪），就开始任命猫大臣，专职捕老鼠、维护王室财物的安全。到了 1929 年，英国首相府开始为猫大臣发薪水，这份职务的年薪从 1 英镑涨到后来的 100 英镑。2011 年 1 月，在对英国前首相卡梅伦的一次采访中，人们在电视新闻里看到，一只老鼠正大模大样地穿过唐宁街 10 号的台阶。没过多久，唐宁街 10 号的一名工作人员在草坪里发现了一只老鼠的尸体。唐宁街 10 号似乎闹起了鼠患，为此，政府准备招聘一名猫，来自动物收容所的一只虎斑猫"应聘成功"，"光荣上岗"——这只猫就是拉里。

为了欢迎拉里的到来，唐宁街 10 号专门为拉里举行记者招待会，多位记者参加了拉里的新闻发布会。拉里还拥有自己的官方微博，访问和提问者众多。除了首相府，拉里还被允许到唐宁街 11 号散步。它也有自己的薪酬，还有独立的卧室，享受着自由出入首相府的待遇，首相府工作成员的名单上，拉里的名字赫然在列，它的职务是"首席捕鼠官"。

自从拉里上任以后，英国前首相卡梅伦对它寄予厚望，希望它能忠于本职，将首相府中的大小老鼠一网打尽。可令卡梅伦大失所望的是，拉里似乎缺少"杀手本能"，而是整天只知道呼呼大睡，或者躺在唐宁街 10 号外面的马路上晒太阳。它几乎从不履行它的捕鼠本职，导致老鼠在卡梅伦的办公室和家中大胆乱窜，丝毫无视拉里的存在。有时卡梅伦无奈之下，甚至不得不亲自用餐具砸向奔跑的老鼠。之前，一名摄影师曾抓拍到拉里扑向一只老鼠的镜头，可结果拉里本领欠佳，竟让那只老鼠逃跑了。

虽然拉里一直表现不佳，但卡梅伦仍然容忍了它的懒惰无能。造成事情发生变化的转折点，是卡梅伦发现拉里趴在他唐宁街 10 号书房的椅子上呼呼大睡，而一只老鼠却旁若无人地在房间中散步。卡梅伦拍了拍拉里，试图将它唤醒，然后将那只大胆的老鼠"捉拿归案"。谁知拉里只是睁开了一只眼睛看了看卡梅伦，它连在椅子上挪动一下身子都不愿意。正是从那一刻起，忍无可忍的卡梅伦断然下了更换首相府"首席捕鼠官"的决心。

随后，解聘拉里的方案被提上议事日程，有人支持解聘不履职尽责的拉里，也有人反对，原因是美国前总统奥巴马访问英国时，拉里在首相府中曾和奥巴马相处得十分融洽，在外交这一事宜中，拉里发挥了很大的作用。两方相持不下，最终采用投票决定，结果，拉里和英国前卫生大臣、前交通大臣、前环境大臣等人遭遇了同样的命运，一起被撤职。

经过考察，英国前财政大臣乔治·奥斯本家的宠物猫弗雷亚接替拉里的职位，担任英国首相府中的"首席捕鼠官"，负责处理唐宁街 10 号、11 号和 12 号的鼠患问题。在动物组织的坚持之下，为了避免给遭到解职的拉里带来更多的心理伤害，拉里虽然下岗，但并未失业，它将继续留在首相府中生活，只是不再享受那些待遇，至于下一步的工作安排，首相府工作人员称，可能是担任外交方面的工作。

看不见的艺术展览

2012 年奥运会之后，世界的目光再一次在伦敦集中，起因是一场艺术展览。

当全世界热爱艺术的人慕名来到海沃德美术馆时，看到的却是令人吃惊的一幕：不带任何装饰的立柱雕塑、空白的帆布和画框、空无一物的角落……所有人都以为这里昨晚一定被艺术大盗光顾了。

其实，这就是展览的主题——"空白隐形的艺术"，在令人匪夷所思的展览中，参展的 50 件艺术品全部都与"空白"的主题有关，因此也被参观展览的英国女王形象地称之为"皇帝的新衣"艺术展。

据主办方介绍，"隐形艺术展"作为一种新奇的艺术展览形式，与传统意义上的艺术展览有着非常大的区别。展览的主要目的就是通过这些看起来"空荡荡的"艺术展品开启参观者无尽的想象空间，达到"无中生有"的独特艺术境界。

"虽然隐形艺术这种形式对于现代人来说比较陌生，但它一直是一些先锋艺术家们热爱的艺术表现方式。"海沃德美术馆的负责人拉尔夫·鲁格奥夫说，"我们此次展出的展品涵盖了许多知名艺术家们的隐形艺术作品。它们虽然没有色彩斑斓的华丽外表，但都能引发参观者天马行空的想象，带来视觉享受以外的愉悦体验。"

这绝非炒作，展览汇集了过去半个世纪的"隐形艺术"作品，探索了与"无形"和"隐藏"相关的艺术理念，其中还囊括了多名著名艺术家及一些年轻艺术家的作品。

一块发白的摄影背景布也被张贴在现场，普通的布料，陈旧的色彩，没有任何特别之处，它的名字叫《光环》。原来，它是好莱坞演员报名拍照的背景布，这块布，曾为上千名明星做过背景。

如果把玻璃缸装满水，再密封，你觉得这是艺术吗？假若确定是艺术，你会想到什么？它的名字叫《时光之水》，这可是件老古董，1894 年，英国人纳夫为了证明玻璃的密封性能，专门制作了这个作品，并打赌若干年后如果水漏掉就推翻他的墓碑。

一根曾被著名艺术家安迪·沃霍尔于 1985 年踩过的空白雕塑立柱，就被艺术家汤姆·弗里德曼请女巫下咒后并命名为《诅咒》展出，以供参观者"瞻仰伟大艺术创作者的光环"。除此之外，汤姆还有一幅作品《1000 小时的注视》也十分经典，作品展示的是一张在五年内被汤姆注视过千百次的白纸。而艺术家詹尼·莫蒂 1989 年的作品《神奇的墨水》据称使用了隐形墨水来作画，新奇且有趣。

另一件引人瞩目的隐形艺术品大概要属艺术家耶珀·海涅的《无形的迷宫》了，参观者将头戴红外线耳机，根据收听到的语音提示，在一片空地上"穿梭"于复杂的迷宫之中寻找出路。

最让人惊讶的作品，是你在走出展览馆的时候，艺术家会告诉你，你身处在一件作品之中，参加者会竭尽全力回忆，但一定找不到这件作品——《上帝的爱》，艺术家海伦搜集了欧洲所有著名大教堂里的空气，然后在美术馆中打开瓶盖。

这些"无形的艺术"或引人发笑，或饱含哲理，旨在尝试改变人们关注的焦点，提醒人们关注那些看不见的美，毫无疑问，展览对观众是一种巨大的挑战，让观众矫正艺术品只有视觉诉求的文化偏见，拓展对艺术的想象力和理解力，并从中享受想象力带来的无限乐趣。

好莱坞的三分钟

镜头里，那些蜚声国际的好莱坞巨星们都显示出不同于以往的样子，一张张面孔，或淡然，或安静，或活泼，或卖萌大笑：

乔治·克鲁尼头顶海盗帽，抱着胳膊，肆意大笑；凯特·温丝莱特一副淡妆，黑色的 V 领外套上没有任何装饰，平静自然；布拉德·皮特穿着 T 恤仔裤，大大咧咧地蹲在墙边；奥兰多·布鲁姆脱掉西裤，露出一条印着英国国旗的拳击短裤；一贯深沉、严肃的摩根·弗里曼则挤眉弄眼做着各种俏皮鬼脸……

安迪·格慈的镜头下，所有的明星无一例外，素颜、没有造型，铅华褪尽，随性自然。好莱坞有成百上千的专业摄影师，无人可以让这些明星如此低调地服从摄影师的安排，安迪·格慈又是如何完成这些作品的呢？一切，只因为三分钟。

格慈大学毕业后，为一些顶级的时尚摄影师做助理，学习他们拍摄名人的技巧，尽管很欣赏他们的照片，但是有一点他却始终不太喜欢，每次拍照，因为明星档期紧活动多，需要提前很久预约，好不容易预约到场，片场里有上百个人忙忙碌碌，花很长的时间才能拍得完，而且，无数双眼睛盯着拍摄对象，怎么也会不自然，格慈决定走一条完全不同的路。

他找到一本明星经纪人联络簿，在上面挑选了 300 名当时英国最有名的演员，给他们寄去信件，提出拍摄请求和主题，接下来便是漫长的等待。六个月后，他仍然没有收到一封回复，没有明星愿意让一个毫无名气的摄影师拍摄自己。

格慈没有气馁，继续寻找机会，他到各个电影拍摄现场当群众演员，寻找和明星认识的机会。三个月后，终于接触到著名演员乔斯·阿克兰，在对方片场小憩的时候，他走上前去，冒昧表达了自己的愿望。

看着这个喋喋不休但格外认真的年轻人，乔斯·阿克兰同意了他的请求，但只给 10 分钟时间，之后，将要继续工作。听到对方答应了自己的请求，格慈兴奋得手都在发抖，机会来得如此突然，他甚至不敢相信自己的耳朵，激动之余，又为如何拍摄发起了愁，这或许就是改变命运的一次机会，他没法不慎重把握。

一时间没有好方法，格慈只能与乔斯·阿克兰聊起电影的话题，谈主角的服装，剧本的构思，说着说着，格慈就放松了，把对方当作一个普通朋友来亲近，聊天气，聊炸鱼炸土豆片，越说越投机……再看看手表，只有三分钟了。格慈不想浪费这大好的机会，他边说话边悄悄拿起了相机，趁乔斯·阿克兰说得正起劲的刹那，手指按下了快门。

三天后，几幅黑白的大头照，被放到了乔斯·阿克兰的面前，如同 20 世纪 60 年代的黑白胶片照，有着厚重细腻的质感，表情有认真，有轻松，像老照片，像肖像油画，真实展现出个人化、情绪化、生动有趣的一面。照片让乔斯·阿克兰非常满意，并介绍了女星格列塔·斯卡奇前来拍照。

接着，斯卡奇帮他联系了伊安·麦克莱恩，后者又把他介绍给哈莉·贝瑞，再接着他手里已经有一长串的明星推荐信了，布拉德·皮特、塞缪尔·杰克逊、伊万·麦格雷戈、裘德·洛……

几年时间内，从英国到好莱坞，他拍摄了大约 300 位明星，至于拍摄的地点，有时是在明星下榻的酒店，有时就是在他们家中的某一个角落，只占用对方 10 分钟，前七分钟所做的事情，就是站在镜头的另一边，和明星们拉拉家常，一起吃吃喝喝。然后，在明星们最放松、最自然的状态下，趁着对方不注意的后三分钟，格慈就用手指不停按下快门。

繁华褪尽，最后明星就剩下自己，干干净净的黑与白，一刻即是永恒，各种表情和造型，都是拍摄对象的即兴创作，反映的是他们在拍摄时最真实的状态和情绪，这些好莱坞的"国王"和"王后"们，永远也不知道拍摄的那一刻什么时候到来，在他的镜头下露出最本真的面目，明了的构图、简洁的背景、精准的表情捕捉，令格慈声名鹊起。

几年后，安迪·格慈把这些明星黑白素颜照集结成图册《度》，首印便赚得 350 万英镑，捐给了糖尿病研究机构。明星们呈现出的随性自然的状态，让人耳目一新，影集的出版，打破了人们对"巨星风采"的刻板印象，也为格慈赢得了巨大的荣誉——摄影界最高荣誉之一"福克斯·塔尔博特摄影奖"。该奖项不定期颁发，只奖给为摄影行业做出杰出贡献的专业人士。2012 年，他出任英国专业摄影协会主席，随后，他被授予英国女王颁发的员佐勋章，奖励他为摄影所做出的杰出贡献。

科隆的契约

21世纪初，作为德国仅次于柏林、汉堡和慕尼黑的第四大城市的科隆，凭借便利的交通、繁荣的工业，吸引着世界投资者的关注。诺达通信公司是世界最大的通信公司之一，旗下涉及多种业务，遍布欧洲许多国家，该公司准备到科隆投资，先期考察组在德国地区总裁卢卡斯的带领下来到科隆。

几天的调研，让卢卡斯大吃一惊，他简直不敢相信这一事实——偌大的科隆，通信设施落后，整个城市都靠20世纪简陋的手段通信，因为没有升级，手机通话效果也很差，他十分不解，科隆怎么就没有一座信号转播塔？一座信号转播塔，也不需要多少资金，如果修建成综合基站，下层建筑还可以作为商业办公区，顶端用作信号收发、电视转播，一举多得。

兴奋的卢卡斯觉得自己发现了一个新大陆，立即形成文字，报告给诺达通信公司总部，几天之后，批复就回来了，由他负责，与政府接洽，商谈投资事宜，预算金额高达几十亿欧元。

卢卡斯找到市长，说诺达公司将前来投资开发，市长莫里茨表达了十足的诚意，保证将竭力配合，当谈到细节的时候，一直热心的市长脸色却黑了下来，随即拒绝了卢卡斯的好意，这让卢卡斯十分不解，询问有什么地方不适合。莫里茨市长指着合约上的"修建一坐高达368米的信号塔，缓解科隆的通信压力"，一字一句地说："要想在科隆修建这么高的塔，永远不可能。"

通过了解，卢卡斯知道了这么一个故事——科隆教堂是德国科隆市毫无争议的标志性建筑物，从13世纪中叶起建，工程时断时续，至1880年才由德皇威廉一世宣告完工，耗时超过632年。早在1322年唱诗堂封顶的那一天，科隆地区的人们自发形成一个契约：自今日起，城内所有建筑不得高过教堂，以便于人们可以在任何一个地方仰望到神的存在。契约要求子子孙孙，没有时间限制，必须无条件遵守。

按照莫里茨市长的说法，这个契约，曾立于科隆大教堂门侧，后因火灾毁去，但科隆人从未忘记，一直坚守到今天，否则也不会没有通信公司前来修建信号塔。

卢卡斯完全不敢相信，市长简直疯了，如果公司入驻，会带动当地经济的发展，提供成千上万个就业机会，还能给人们带来通信便利，乃至于提高科隆的竞争优势，与这么多现实的利益比起来，那个远古的协议，简直就是一个笑话。

他再次找到市长，仍然被拒绝。固执的卢卡斯没有放弃，转而找到地区议会，再次提出方案，并承诺将免费为政府提供通信设备，建成后一年内科隆的通信费用也比其他地区便宜一半。在看得见的利益面前，一些议员动摇了，同意了卢卡斯的投资方案，不过一些科隆本地的议员却断然否决，一时争执不下，最终决定举行公投。

当议员同意修建一座高达 368 米信号塔的消息传出来之后，科隆人愤怒了，谴责那些同意的议员"背弃祖宗""背叛信仰"，报纸等传媒也批评其"忘记历史""不配做科隆人"，他们说："宁愿不看电视，也要抬头就可以看到神；宁愿不用电话，也要随时听到钟楼上神的赐福。"在一片指责声中，议员妥协了，不用怀疑公投的结果，超过百分之十九的人选择了拒绝，最终，通信公司不得不离开科隆选择柏林。

就这样，直到今天，作为德国第四大城市，科隆还是没有高过教堂的建筑，要知道，157 米大概相当于 35 层楼房，在同等的国际城市中，50 层以上的建筑比比皆是，无奈之下，许多大楼地上的建筑只有七八层，地下却有四五层之多。

科隆大教堂的美丽毋庸置疑，但科隆人 700 年坚守一份契约，本身就是一种信仰，这种力量，超越宗教，穿透时光。

没有零星级的酒店

2012 年 3 月，法国国家地理杂志《GEO》组织的"欧洲最佳酒店 100 强"评选结果公布于世，名单中，有瑞士卢塞恩湖畔的威茨瑙城堡酒店、拍摄过《12 罗汉》等好莱坞大片的巴黎佩斯都大酒店、收藏着世界顶尖艺术品的德国巴登－巴登酒店、名流政要流连的伦敦温·阿尔达文奇酒店……这些酒店，无一不是奢华与尊贵的象征，然而让世人瞠目结舌的是，一家零星级的瑞士酒店居然榜上有名，与这些五星级豪华酒店平起平坐。

帕特里克和弗兰克·里克林是一对双胞胎。2010 年冬天，他们到瑞士最著名的采尔马特雪场去滑雪，到达目的地之后，却因为是旅游高峰期，来自世界各地爱好滑雪的人蜂拥而至，他们询问一圈下来，已经没有酒店可以供他们入住了，无奈之下，他们只能带着遗憾返回了家。

有一天，他们看电视，节目讲述"二战"的时候，瑞士修建了大量的地下掩体，防备发生战争，现在掩体依旧存在，外景记者拍摄的视频中，采尔马特雪场下的掩体呈现在电视画面中，主持人继续讲述着这些掩体的构造与功用。看到这里，帕特里克突发灵感：能不能把这些废弃的建筑开发出来？因为掩体有几十年的历史了，如果能利用起来，一定可以吸引大家的兴趣。

他把这一构思告诉了弗兰克，对方也为此叫好，马上联系了当地政府，一番商谈后，政府决定租给他们使用。因为这些废弃的掩体，政府每年需要花费财力和人力进行维护，所以，他们以极低的价格租赁到手。

到手后，他们为开发问题犯难了，掩体位置偏僻，而且深入地下几十米，没有光源，设想的各种方案都不适合，开画廊太潮湿，做酒吧不通风，卖其他商品也不现实，由于一直没有想到合适的方案，他们只得把掩体关起来准备回家再做打算。

开车准备离开，雪山近在眼前，突然，弗兰克想起去年的事来，他大胆设想：为什么不把掩体改成一个酒店呢？兴奋异常的他刹住车，跟帕特里克说了想法，两人都觉得可行，立马掉头回了掩体。

在仔细考察后，他们发现，掩体要打造成豪华酒店相当困难，因为有历史的原因，不能对其进行大规模的改造。

最后，他们决定打造一个"零星级"酒店，在不改造原貌的基础上，一切从简，同时也是响应环保、低碳的概念。

经过两个月的改造，空斯特恩酒店呈现在大家面前：它深藏在地下，里面没有窗户，只有一台大屏幕实时显示着街上的风景。单间？标间？豪华套间？统统没有，只有14人混合间，没有独立的卫生间，没有多余的一件家具，外露的水管也利用起来，开发成衣帽架或毛巾架，由于给地下掩体供暖不是很便宜，所以旅馆还会给入住这里的客人提供一个热水袋。这种"服务到家"的人性化策略，还包括因为掩体内的低频空调噪音和冰冷的水泥地板实在无法改造，为了睡眠品质着想，旅馆提供免费的耳塞和拖鞋。

所有游客仿若回到20世纪初战前时代的人民公社，除了必备的床、水电和一个遮蔽风雨的所在之外，绝无一样其他的服务，唯一的纪念是两兄弟会为入住者拍摄一张专业的住宿纪念沙龙照。当然，它最吸引的人的地方，是价格，你只需花费七欧元，就可以在像宿舍一样的房间里住上一晚，大概是同类地区其他酒店收费的五十分之一。

"旅行是为了欣赏风景，不是为了入住豪华酒店，你可以花最少的钱，体验到世界的美丽。"这是酒店网站上的宣传语，开业以后，它以独特的场所、别样的风情、低廉的价格，引起人们的兴趣，预订需求很旺，生意非常好。

在五星级酒店林立的地方，建造一个"零星级"酒店，"硬件"不好的时候，极力打造优质的"软件"，他们用逆向思维，取得了成功。

狗狗电视频道

在美国加利福尼亚州圣迭戈市的收视排行榜上，荣登收视冠军的频道，既不是新闻频道，也并非影视频道，就连出名的娱乐频道都暂居其后。那么，究竟是什么节目能够保证如此高热的收视率呢？

答案是：狗狗电视频道。不过，请你不要误解，这一频道不是为"狗迷"们开设的，而是专门为小狗们量身定做的。

惊讶吧，居然有让狗狗看的电视频道。其实，许多人知道这一新闻的时候，也是百思不得其解：狗狗还会看电视，这究竟是怎么一回事呢？

凯瑟琳是康奈尔大学动物行为学专业的教授，同时也是某电视台的一名外聘员工。她养了一条小狗叫宾尼，并将其视若心头肉，但自己每天需要工作，有时候回到家，也不一定有时间陪狗狗玩耍。为此，她给爱犬准备了各种玩具，希望它能够开心。有一次，她看动物节目的时候，发现宾尼对此也很感兴趣，并会发出高兴的叫声，而且神情特别专注。受此启发，凯瑟琳开始研究宾尼对电视的反应，她发现当电视中播放有狗的动物节目时，宾尼会显得格外活泼和开心。

经过一番研究后，凯瑟琳找到了电视台执行官诺伊曼，大胆提出了自己的想法：开设一个狗狗频道，专门为其打造一套节目。这是一个大胆的创意，诺伊曼没有马上答应，而是派人先进行了一番调查。结果发现，美国大多数家庭都养有狗，可很多人都没有时间陪伴自己的宠物。接着，他又联系了动物研究所，论证后发现经常独自在家的宠物狗的确会感到孤单，有的还会患上"分离焦虑症"，大肆破坏家里的物品，而狗狗对电视节目也真的会有反应。就这样，诺伊曼最终同意了凯瑟琳的方案。

经过精心的筹划后，狗狗频道正式对外推出。其实，频道播放的节目内容很简单，比如播放一群小狗玩球的画面，让"观众"感觉兴奋；或者播放小狗睡觉的画面，让"观众"平静下来。有的节目则是从小狗的视角出发，比如拍摄一段车窗外的景色，等等。

诺伊曼接受美国广播公司采访时说："如果你不得不每天都让宠物狗独自留在家中，并因此感觉过意不去，想要做点什么来提高狗狗的生活质量，那么，这是一个特别好的机会。"该频道官网的宣传广告词这样写道："狗狗电视频道将成为狗狗们的新朋友，它们将因此变得兴奋或者平静下来。别担心，你的狗狗会很快适应的。"

一时之间，许多家中养狗的用户都订阅了这个频道，希望借此让自己的爱犬不再孤独。后来，不少人通过远程视频发现，尽管狗狗不会在家人离开的所有时间里，都安静地坐在电视机面前，还是会散步或者自己玩耍，但却多了一项内容：时不时地看会儿电视，或者在轻缓的音乐声中睡个好觉。

就这样，大量的订阅让频道收视率一路飙升，而动物食品、服装、药品等相关广告的入驻，更是让电视台赚了个盆满钵满。看到收视效果和收益这么好，该频道已着手考虑在全美播出了。

租个公园来种树

新加坡国土面积仅 690 多平方千米，土地资源十分有限，但政府十分注重绿化，法律规定开发土地必须保留足够的绿化面积，所以，在这个寸土寸金的岛国，到处一片绿色，堪称"花园城市"。

提到新加坡的绿化，不能不提一个人——华裔商人孙建勇，他对新加坡绿化的贡献，得到过总统的肯定。

孙建勇祖籍安徽，打小随父母种植绿化植物，后来移民到新加坡，继续做园林工作，初到异乡，人生地不熟，生意一直没见起色。

有一年，淡宾尼地区政府新建了办公大楼，按照规定必须建立一个小花园，政府发出通知，公开招标安排绿化事宜，听到这个消息，孙建勇也去了，希望拿到这个生意，帮助打开市场。

招标现场，各个竞标的园林商给出了自己的竞价，孙建勇一看，绝大多数都比自己低，心中有些失望，第一轮招标下来，政府没有达到预期目的，让大家三天后重新报价。

听到这个结果，孙建勇更加失望，自己不为赚钱，只为打开市场，利润算得很低，政府还是觉得高，看来这宗生意没法做了。

回到家，恰巧有顾客来寄养卓锦万代兰，客人因为要出门旅游，担心兰花没人照顾，准备放在孙建勇这里，但对方有几十盆，孙建勇的种植基地本来就很小，没有地方摆放，所以尽管客人开出了不菲的价格，他还是拒绝了生意。

顾客在抱怨中离开，孙建勇也有些郁闷，这是本周第四次没做成的生意，突然，他想到一件事：既然没地方，我可不可以租个地方来摆放？新加坡是个旅游国度，人们都喜欢旅游，而每家人基本上都种植有国花卓锦万代兰，这样可以增加一个服务，没人寄养的时候，自己也可以多种植一些。

但租什么地方好呢？新加坡土地面积很紧张，租地的价格自然很高，算下来利润不大，正打算放弃时，他想到政府要建花园的事，为什么不去租公共绿化地呢？

政府要做绿化，会给出相应的钱，顾客要寄养花卉，也会给一笔钱，自己还可以省去租地的费用，也能利用政府的土地种植出售。想到这里，他格外兴奋。

仔细核算了土地租金，顾客给的费用，他算出一个很低的竞标价。三天后，他递交上去的报价，比政府的底价居然低了一半。工作人员怀疑他做假标，找他沟通，孙建勇说出了自己的想法，最后得到了认可。

接下来，他把自己种植的一些常绿树木作为主题植物种到公园里，又挑了一些簕杜鹃、龙船花的幼苗种下去，随后又在报纸上刊登广告，接受寄养花卉，而他最令人叫绝的创意，是把公园剩下的土地，分成小块，租给城市里爱好种植的人们，让对方拥有一块可以亲自耕种的土地。

细分下来，孙建勇在每一个环节都赚到了钱，特别是租地给别人这一项，利润更是相当于前几年生意的总和，而孙建勇接下来要做的，仅仅是请几个工人负责管理。

一个念头，他赚到人生的第一桶金，更打响了自己的招牌，接下来几个地区的公园建设，也都由他负责，几年时间，他的生意扩大了无数倍。

当花卉长到一定程度的时候，孙建勇开始出售，而搭配的常绿树木，则不用担心，随着时间的增长，它们会越来越值钱。适时地更换种类，更让城市的花园变化无穷，不会单调。

后来，孙建勇又把生意扩展到高速公路的绿化带，城市写字楼的楼顶，学校等其他公共场所的阳台，不但自己赚到很多钱，也为政府省下巨额开支，更让城市变成了一个立体的花园。孙建勇得到了新加坡第六任总统纳丹的嘉奖，这可是华裔中第一个获此殊荣的人。

他的商海故事，成了传奇，他的城市绿化理念，更是推广到全世界，甚至成为哈佛大学研究的课题。为自己赚钱，为政府省钱，还帮助了顾客，一石三鸟，互利共赢，这就是他成功的秘诀。

小心闯入你家的"贼"

明星的行踪，一直是媒体关注的焦点。好莱坞巨星布拉德·皮特有两周没露面了，就在粉丝猜测他到什么地方去了的时候，他的微博上更新了最近的消息——辽阔的非洲大草原上，布拉德·皮特一身当地民族的服装，原来，他是在参加一部新戏的拍摄。

无数的"粉丝"跟帖，有人祝福他拍摄顺利，有人提醒他保重身体……在大量的跟帖中，一条评论，引起了布拉德的注意。

一个网名叫作"帕维奇"的关注者，回复布拉德："谢谢你告诉我你不在家，我现在就要潜入你家。"起初，布拉德以为是个玩笑，并未在意，但对方随即又发来一条信息，说自己已经到了布拉德的家门口，准备动手，并附上一个网络链接，说是行窃的过程。

担心之余，布拉德打开了链接，呈现在眼前的图片让他大吃一惊——在他美国别墅的门口，一个戴着帽子，捂着脸巾，全副装备，只露出两只眼睛的男性，正得意扬扬地在门口拍照，准备进入他的家中。

没有看错，布拉德确定那是自己的家，院门口的丁香树是自己亲自做的造型，门牌号也没有错，布拉德立即给家人打电话，让他们小心。家人仔细检查之后，并未发现有什么异常。不放心的布拉德又与保安公司通话，请对方前去巡逻，一番折腾，还是没有发现小偷。

"粉丝"们也很担心，谴责这个小偷，好在最后并未失窃，大家都以为这是个恶作剧的时候，顺着图片仔细往下看，翻过一页，出现了文字介绍。

志德是一家生产监控摄像头和安保系统的公司，为让大家了解家庭监控系统的重要性，他们在脸谱网等社交平台上注册了一个名叫"帕维奇"的小偷，为他设立了相关的账户，接着利用这个账户去关注很多的名人。

明星们经常外出参加拍摄、走秀等活动，一旦发布消息，表示他/她并不在家，那么帕维奇就会回复信息，表示自己要去行窃，而当名人好奇地打开回复中的链接时，映入眼帘的是自己家门口一个陌生人准备行动的照片，这通常会让所有人惊惶失措。

其实，帕维奇并未来到名人的家，他是利用各种资料，事先收集这些明星的住宅地址，接着再利用谷歌的街景图来进行合成，但在外人看起来跟真实的照片差不多。

而当人们进入到个人主页，看到了合成照片，发现是虚惊一场的同时，还会看到关于志德安保系统和摄像头的介绍，当经历了陌生人的"闯入"后，安保系统的介绍会更具吸引力。

在网站上，罗列着帕维奇潜入多位明星的住宅的合成照片，当然所有的目的都是为宣传志德公司的产品，被吓到的明星可不仅仅是布拉德·皮特，还有威尔·史密斯、约翰尼·德普、莱昂纳多·迪卡普里奥、卡梅伦·迪亚兹等40多个名人，他们后来都成了志德公司产品的推广者，他们在惊吓之余，会订购安保系统。更重要的是，事件会引起大量"粉丝"的关注，各种媒体也持续跟进，这些身价昂贵的明星们，算是免费给志德公司打了广告。

通过这种有趣的方式，志德在进行公司宣传的同时，也提示人们在社交网络上泄露过多的个人信息会带来很多不安全因素。志德用"虚惊一场"的"闯入"演习，把用户对自家安全存有的侥幸心理击得粉碎，为了求心安，大部分人都会为自身的安全买单，而志德的宣传费用，简直可以忽略不计，新颖的营销方式做得又狠又准。当该创意被评为"美国年度十大营销案例"的时候，志德公司更是闻名世界。

奔驰广告由你定

杰克有一辆奔驰汽车，这周末，他推辞了一个聚会，也没有外出游玩，老老实实待在家里，只为等待晚间的一个电视节目。20 点了，电视上正在播放好莱坞大片，杰克有些不耐烦，又抬起手腕看一下表，他希望这电影赶快结束，他可以早点看到广告。

焦急等待中，20 点 30 分终于来到，杰克终于等到这个激动人心的时刻——广告是一个故事，主角说唱歌手是一个巨星，私人生活成天被狗仔追踪拍摄。这天晚上，他要去参加一个地下的演唱会，奔驰座驾开了过来。为了保密，他必须尽量选择城市的小巷窄道。车快速奔驰，不承想还是被人发现了，越来越多的人追了过来，驾驶员不得不选择偏僻的巷道，快速飞奔。车开到一条死胡同，无奈之下，驾驶员只能从一个很窄的垃圾堆边穿插而过……

看到这里，杰克兴奋得大声呼叫。

原来，这是他设计的广告，准确地说，刚才车辆行驶的地方，是他提供的线路。

杰克并非广告公司的导演，也不是奔驰公司的宣传人员，怎么会为奔驰公司设计广告呢？

原来，奔驰公司开发了新车型，为了更好地推广这款车，自然要做广告，宣传部门却不愿意按照常规广告拍摄，请大明星，大制作，人们早看惯了这样的广告，为了营销业绩，他们费尽心思，终于想到一个办法。

首先，他们在英国电视台购买了五分钟广告时段，邀请一位著名说唱歌手和一名专业车手参与拍摄过程，故事就是类似明星被狗仔媒体追逐的剧情，故事只拍了一分钟，就停了下来，然后屏幕上出现一行文字——奔驰请您拍广告。下面，是活动官方网站的网址，字幕持续了四分钟。

人们都对这个广告格外好奇，初看的时候，都以为电视没有信号了，不然不会一个字幕静止四分钟，当电视播放下一个节目的时候，他们才知道，这真的只是一个广告。

很多人怀着好奇的心理，登录奔驰官网，了解了活动的详情。原来，奔驰公司打破常规，希望得到更多人的参与，从而策划了这样的营销方式。

大家积极参与，有人建议在白金汉宫门前行驶，有人建议镜头要出现钟楼，也有人提出某条小道特别适合，还有人希望驾驶员的衣服可以更换一下颜色，如果采取了某个人的创意，提供者将会免费获得新型奔驰车一年的使用权。越来越多的人参与进来，都想为奔驰公司设计广告。

到最后，奔驰公司根据大家的建议，拍摄出三个后续的故事，选择不同的场景路线。视频拍好以后，再次放到官网上，请大家投票决定，最终在电视上播放哪一个版本。

杰克不仅仅为拥有新型奔驰车一年的使用权而开心，作为一个普通人，自己的创意被采用并且投放到电视上，才是最高兴之处。而奔驰公司，发动更多人参与的点子，引起巨大的关注，获得了最大的宣传效果。

让全世界帮他求婚

他爱好文字，喜欢记录生活的点滴，感悟着瞬间的创意，用这些片断，温暖着自己。他还是一个旅游爱好者，最大的愿望，是用脚踏遍世界的每个角落，然后用相机，记录下地球上的迷人风光。

他叫自己"风行者"，遇风而行，与风同走，飞到那些风儿喜欢的地方，风停了，他就写字，写美景，写见闻，写沿途温暖而新鲜的故事。

他的一篇喀什游记，在网络上广为流传，偶然间就转发到她的手里。诗人舒婷的一句诗"与其在悬崖上展览千年，不如在爱人肩头痛哭一晚"，恰如其分地出现在这篇文字中，刹那间，击中了同样爱好旅游的她，看到这些令人心动的文字，她联系上他。

沟通了一段时间，他们相约，一起去西沙群岛，他们包了一艘船，前行的途中，突遇大风，五米巨浪迎面撞击而来，危险在顷刻之间。颠簸的船舱里，她脸色苍白，死亡近在眼前，睁开海水浸润的双眼，他极力保持平衡，手忙脚乱间，紧紧系上她的救生衣绳带。

风停了下来，他们成功到达，蓝蓝的天，蓝蓝的海，美到极致，她想：跟他一起，永远就在这里，也是一件美事。

再后来，他们继续一起去旅行。在斐济海湾，打滑的汽车即将掉下悬崖下的太平洋，失控的刹那，她紧紧抱住了他。

兰卡威的夜落在海面上，竖琴般的波浪为他们歌唱。斯里兰卡的狮子岩边，凝固于绝壁上五百天女的拈花微笑，悄悄凝视他们的拥抱。

他的网名叫"刀子萧饮寒"，她的昵称叫"沙沙"。

他们相识于旅行邮件，相知于西沙群岛探险，相惜于斐济车祸遇险，相恋于兰卡威海边，相守在斯里兰卡狮子岩，相伴于房车走遍新西兰。世界感受到他们的经历，风儿与阳光见证了他们的爱情。

他们决定：相约在 2011 年 11 月 26 日那一天。

刀子想给沙沙一个浪漫的求婚仪式，是在旅游的途中？还是潜行到海底？他左右琢磨，怎么样才能够浪漫并与众不同？

他突然想起了一个驴友讲的故事：有位网友，为爱妻在不同的地方，拍摄了"老婆我爱你"的照片，被网友大赞"很温馨"。他想：沙沙和我都向往着有朝一日能环游世界，那么，可不可以请世界各地的朋友，收集当地的祝福？

他为自己的创意感动了，如果在求婚的那一天，给沙沙送上来自世界各地的祝福，对于爱好旅游的沙沙来说，这一定是最浪漫温馨的求婚方式。

他精心设计了一张图片，左上角，是沙漏，代表沙沙，右下角，是一只蝈蝈，代表着自己，上面写着："沙沙，嫁给刀子吧！"他把图片发到了微博上，附上诚挚的请求："我想在 11 月 26 日的婚礼上给爱人沙沙一个浪漫惊喜，想请全球各地的朋友帮一个忙——转给世界各个角落的朋友，希望热心的网友能把这张图片打印出后拿着它拍张照，背景最好是当地标志性建筑，最重要的是你的微笑。帮我收集来自不同城市的祝福，完成这次浪漫求婚！"下面，是他的电子邮箱。

这条微博在网络上引发热议，网友都被刀子的浪漫感动了，大家互相帮忙，在各自的城市，找到美丽的景点，拿着刀子的图片拍照，也有无数的网友，把微博四处转发。

一名西藏的网友，举着图片，旁边，站着两个僧人，双手合十，扎西德勒。

贵州山区的一对孩子，没有打印的条件，在一块巨大的青石板上，用粉笔画下刀子的图片，字不好，爱很浓。

四川成都的"爱情斑马线"上，一对情侣甜蜜地留了影。

安徽卫视的演播大厅里，端庄的新闻主持人，拿着图片，笑得好甜好美。

上海、河南、广东、海南、香港、台湾，全中国都在行动起来，为刀子和沙沙祝福，为爱而感动。

不仅仅是在中国，这一次，全世界没有旁观者：

在日本成田机场等待转机的一名中国网友，说着不流利的日文，请求好心肠的日本女孩帮忙，收集到一份来自东京的祝福。

来自乞力马扎罗山的祝福实在是太壮观了！16个非洲土著，穿着民族服装，光着脚丫，微笑着举起那张充满爱的图片。

在南非的行政首都——比勒陀利亚，一名叫"小鱼"的网友，一只手举着图片，没有人影，背景是绚烂的紫薇花，祝福刀子和沙沙，浪漫温情绵远深沉。

伦敦皇家马戏团，有一只鹦鹉，它可以说出 162 个单词，这一次，它也送上了祝福。

网友"LingLinRTW_铃在南极"站在南极山顶手持"求婚状"的照片令人难忘，那是一份来自世界最冷的地方却又是最温暖的祝福。

法国卢浮宫博物馆内不允许拍照，细心的法国网友穿上一件印有爱神维纳斯雕像的衣服，站在博物馆的外面，爱神一定看得见。

有孩子、老人，有警察、学生，有恋爱中的情侣，有单身的中年男人，黑皮肤，棕头发，有爱的地方，都在祝福他们的爱。

11 月 25 日，这是刀子最后收集照片的日子，30 天的时间，邮箱里，接到上万份祝福，照片有 779 张：南极洲 1 份、南美洲 9 份、大洋洲 17 份、非洲 20 份、欧洲 56 份、北美洲 281 份、亚洲 395 份。每一张，都是笑脸，饱含祝福。

本来估计能收集到 100 份左右，就能完成视频的制作的刀子，没想到微博在几天之内就被转发了几万次，无数陌生的网友因为爱，因为感动，与他一起，完成了这个浪漫的壮举。

2011 年 11 月 26 日，在上海外滩的游船求婚现场，"刀子萧饮寒"为沙沙播放了用将近 800 份祝福照片剪辑而成的视频，结尾处，是 779 份照片组成的沙沙的头像，美得耀眼。

沙沙很激动，沙沙很幸福，她说："我一直以为刀子不是一个浪漫的人，原来，他是把之前所有的浪漫积蓄在这次求婚中了。"

爱一个人，你不需要有多少钱，不需要有什么地位，只要有一颗真诚的心！一颗像刀子一样为爱充满激情创意的心。